相棒

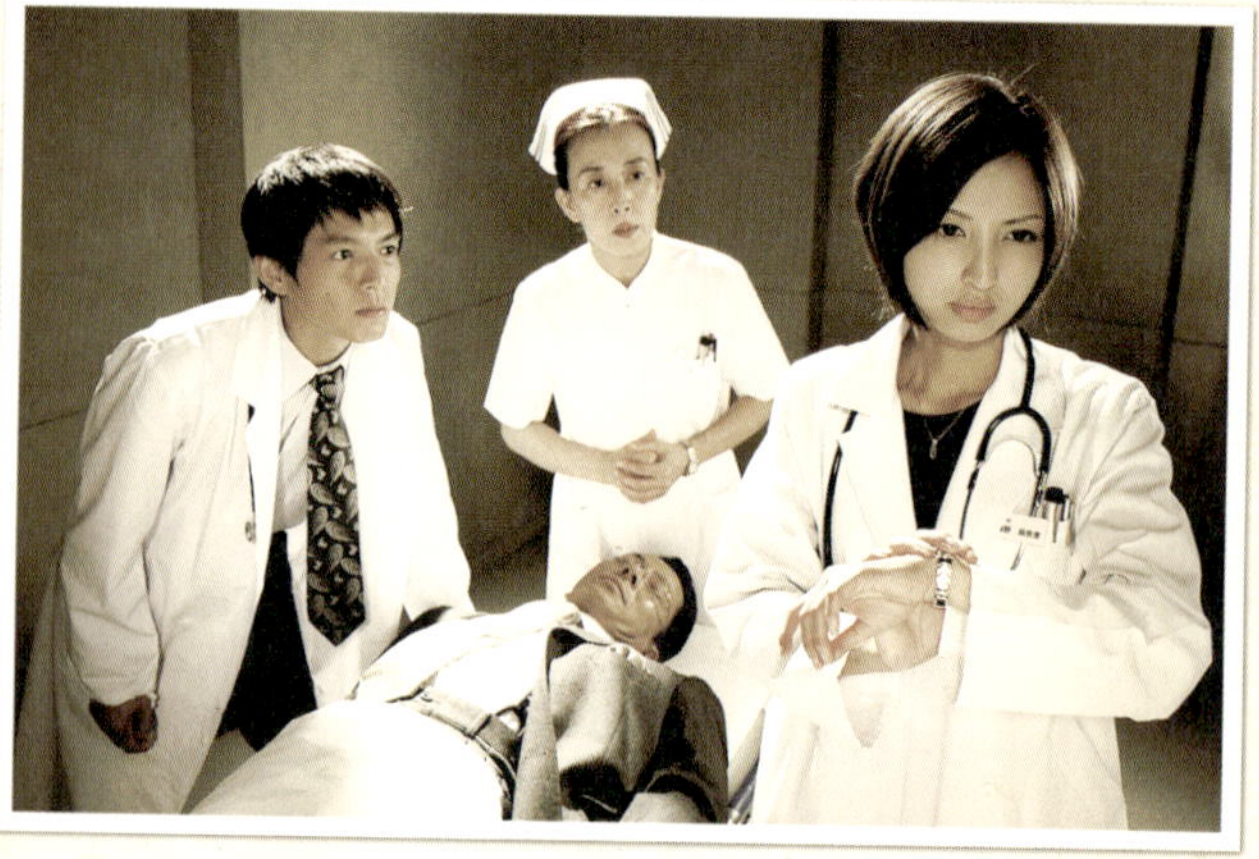

相棒

警視庁ふたりだけの特命係

脚本・輿水泰弘／ノベライズ・碇 卯人

朝日文庫

本書は、二〇〇〇年六月三日（第一話）、二〇〇一年一月二十七日（第二話）、二〇〇一年十一月十日（第三話）に放送された、テレビ朝日系土曜ワイド劇場「相棒」の脚本をもとに、小説化したものです。小説化にあたり、若干の変更がありますことをご了承ください。

相棒 警視庁ふたりだけの特命係

目次

装丁・口絵・章扉／IXNO image LABORATORY

相棒

警視庁ふたりだけの特命係

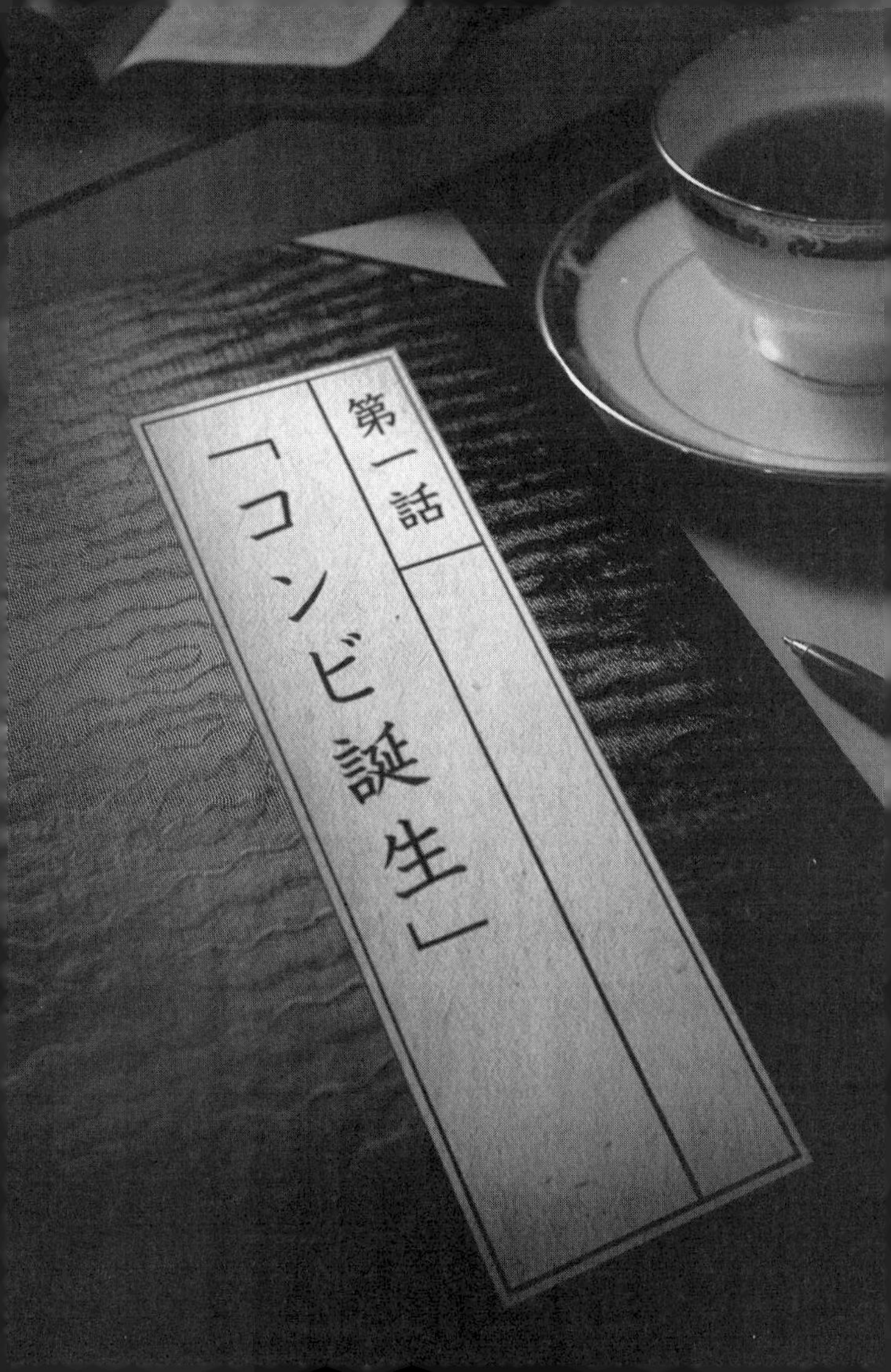
第一話
「コンビ誕生」

一

亀山薫は途方にくれていた。

首筋にはロシア製のトカレフ拳銃を突きつけられている。肌に押しつけられた銃口の感触は硬く冷酷である。先ほど阿部が威嚇射撃で一発ぶっぱなしたので、火薬の臭いも鼻につく。

通りの左右をふさぐようにして機動隊員がバリケードを築き、身内の刑事たちも固唾を呑んでこちらを眺めている。その奥にはマスコミの報道車両も見える。レポーターが嬉々としてなにかを叫んでいるようだ。警視庁捜査一課の現職の刑事が凶悪犯の人質になってしまったのだから、恰好のニュースのネタなのだろう。

いいかげんにしてくれ、と薫は嘆いた。この失態がテレビ電波に乗って全国の茶の間に届けられているかと思うと、わが身を呪いたくなる。

軽率すぎた。胸中は後悔の念でいっぱいだった。

恐喝・傷害事件で指名手配中の阿部貴三郎を見つけたのはたまたまだった。空腹を覚えてぶらりと入った定食屋の奥の席で、わびしくひとりで夕飯を食っている阿部と出くわしたのだ。それに気づいたときには正直しめたと思った。すぐに捜査一課強行犯捜査七係の金子係長に一報をいれて、援軍を待った。しかし、その間に阿部が勘定をすませて店を出そうになったので、緊急に取り押さえにかかった。

丸腰だと油断していた相手が、どこから手に入れたのか、トカレフを取り出したのは予想外だった。ましてや逆に捕まって、人質にされてしまうとは。援軍が到着するまで、気づかれないように尾行すべきだったかもしれない。手柄を焦った、と同僚の伊丹あたりから皮肉を言われるに違いない。薫は歯嚙みするしかなかった。

援軍が駆けつけたのは、薫が逆襲され捕まった直後だった。おかげで逃げ遅れた阿部は薫を人質にとったまま、定食屋に籠城するはめになった。その間に警察の一群が道路を封鎖し、騒ぎが大きくなってしまった。追いつめられた阿部は、薫を引き立てて店の外に出、警察相手に交渉をはじめた。

金子係長や伊丹など、捜査一課の面々がバリケードの向こうから気遣うようにこちらを見守っていた。ハンドスピーカー片手に阿部と交渉しているのは、特殊犯捜査一係の室谷係長。室谷係長は阿部に投降を呼びかけていたが、阿部は逃走用の車を要求している。とても、交渉は成立しそうにない。

仮に警察が阿部の要求を吞んだとしても、マスコミの連中を脇にどかせて、車を通れるようにするだけでもひと苦労だろう。緊迫した事態が続き、阿部がしびれを切らせはじめたようすが、ひしひしと伝わってくる。薫の首に食い込んだ銃口がぶるぶる震えていた。

　これ以上、阿部を興奮させてはまずい。そんな最悪のタイミングを見計らったように、薫の上着の内ポケットからのどかな電子音が流れ出した。

　緊張が走る。

「なんだ？」

　苛立ちの混じった阿部の質問に、薫が渋面で答える。

「携帯電話だよ。出ていいか？」

「ふざけるな」

　阿部は一蹴したものの、着信音が収まる気配がないのにじれて、

「うるさいから、出ろ。ただし手短にな」

　阿部に拘束された不自由な姿勢のまま、薫は内ポケットから携帯電話を取り出した。表示された電話番号に覚えはなかった。

　こんなときにいったい誰だろう。怪訝に思いながら電話に出る。

「生活安全部の杉下です」

　予期しない声が聞こえてきた。杉下って誰だっけ。薫は必死に記憶をまさぐるが、にわかには思い出せない。こちらの混乱をよそに、電話の向こうの相手はいたって冷静な声である。

「余計な受け答えは結構。いまあなたをテレビで見ています。犯人に代わっていただけますか。ぼくが気を引きますから、きみはその隙を突いて犯人を確保してください」

よく理解できないが、味方であることは間違いなさそうだ。携帯電話を握る薫の手に汗がにじんだ。

「ちなみに、いまのきみの体勢で狙える急所は足の甲だけだと思います。では、代わってください」

ともかくここは、電話の指示に従うしかなさそうである。薫は携帯電話を耳から離すと、阿部へ差し出した。

「あんたに用があるみたいだ」

「おれに？」

「車両担当の人間が話したいと言っている」

薫は鼻先に餌をぶらさげたが、阿部は乗ってこない。

「両手がふさがってるんだ。出られるわけねえだろう」

「そりゃそうだな。電話を耳に当ててやるから、そのまま話せばいい」

阿部が渋々と同意したので、薫は携帯電話を指名手配犯の耳に当てた。その瞬間、携帯電話の受話口から音楽が流れ出した。薫でさえ驚いたほどの大音量だった。耳元でそれを聞かされた阿部はたまったものではなかった。思わずひるみ、薫を拘束していた腕の力が瞬間的に緩んだ。

チャンスを逃さず、薫は行動を起こした。電話で指示されたとおり、阿部の右足の甲をかかとで思いきり踏みつける。突然激痛に襲われて苦しむ阿部を振りほどき、舗装道路に組み敷く。

それを確認した捜査一課の刑事や機動隊員たちが一斉に駆け寄ってくる。せめて手錠は自分でかけたい。

薫は阿部の腕を捻り上げた。

二

亀山薫はふてくされていた。

みずからの勇み足が原因とはいえ、刑事部の花形部署である捜査一課から、左遷されようとは予想もしていなかった。たしかに阿部の捕り物劇は褒められたシナリオではなかった。それでも最終的にはなんとか逮捕できたのだから、表彰されてもよいくらいだと思う。なのに、島流しとは。

現職の刑事が人質になるという不始末を、上層部は身内の恥だと判断したのだろう。騒ぎを起こした刑事の処分を早々と決めたのだ。窓際部署への異動という形で。

「亀山、おまえはきょうから特命係へ配属になった。くさらず、頑張ってくれ」

金子係長からそう言われたときには、意味がわからなかった。生活安全部の片隅にそういう名前の部署があることさえ、遠くで噂を耳にするくらいだった。ましてやそこにいるのが、あのとき携帯電話に連絡をくれた杉下右京というとっつきづらい警部たったひとりだけだということも。

異動の初日、薫はともすれば憂鬱になりそうな気分を鼓舞しながら、特命係の部屋へ向かった。生活安全部の入ったフロアの一番奥に、まるで隔離病棟のようにひっそりとその部屋はあった。

「本日づけで特命係に配属になりました亀山薫巡査部長であります。よろしくお願いします」

元気がとりえの薫は新しい上司に明るくあいさつした。その新しい上司は朝の紅茶をいれているところだった。

朝の紅茶！　薫はあの忘れがたい朝を思い出す。

決して広いとはいえない部屋の一角を紅茶セットの並んだ事務用棚が占めていたのには、目を見張った。もっぱらコーヒー党で紅茶には知識のない薫の目にも、棚に並んだカップが舶来物の高級品であることくらいはわかった。何種類も用意してある茶葉もきっとそれなりのものなのだろう。

あいさつが聞こえなかったのだろうか。薫が再度大声を出そうかと深呼吸したときに、上司がカップとソーサーを両手に持ったままおもむろにこちらを振り向いた。そして、「こちらこそ」とすげない返事をよこした。

新しい部下が来たのに、それだけ？

あきれた薫は、係長の杉下右京をとくと眺めた。上等な仕立てだとひと目でわかるスーツの上着からはポケットチーフがのぞいている。きちんと折り目のついたズボンはサスペンダーで吊り下げられている。まるで映画に出てくる英国紳士のような、クラシカルで気取ったいでたちだった。

一方の薫といえば、刑事部一ラフと言われているくらい、おしゃれには無頓着である。いつもTシャツにブルゾンやフライトジャケットを羽織り、ワークパンツとスニーカーが定番だった。髪を短く切りそろえ、がっちりとした体格の見るからに体育会系の薫にはその恰好が自然で似合っている。

服装の趣味のあまりの違いを自覚した薫は、異動初日の服装としてはあまりにくだけすぎたかなと反省した。しかし、右京は新参の部下の服装に苛立っているふうではない。

薫は右京をさらにしげしげと観察した。

年齢は四十代の半ばだろう。しかし、きちんとセットされた髪には白髪一本も混じっておらず、若々しく感じる。背は警察官としては低めだろうか。それでも姿勢がよいので、ある種の威厳を感じる。高価そうなメタルフレームの向こうの瞳は、あくまで無関

「机はそれを適当に使ってください。じゃあ、ぼくは仕事がありますので」

心を装っていた。

にべもない対応にもめげずに右京をひきとめた薫は、先日気転の利いた電話で助けてもらったお礼にと、実家の造り酒屋特製の日本酒を差し出した。それなのに……。そのあとの上司のふるまいを思い出すだけで、薫はいまも胸がむかついてくる。

右京は賄賂でももらうかのように顔をしかめて、言ったものだ。

「きみにお礼を言われる筋合いなどありませんよ」

「しかし、あの電話のおかげで無事に犯人を逮捕できましたので」

「あれ以上きみがぐずぐずしていたら犯人の命が危うかった。だから電話したまでです」

「え？」

「あのとき、狙撃班が出動していたことを知っていましたか。しかも現場で指揮を執っていた特殊犯捜査一係の室谷は超タカ派で有名な男です。非常に危険な状態でした」

「室谷係長が陣頭指揮を執っていたのは知っていましたが、だからといってそう簡単には撃たないでしょう？」

「人質が一般市民なら、過激な手段には出ないでしょうが」

ことばを濁した右京の目がいじわるく輝いたのを、薫は見逃さなかった。

「人質が刑事なら、危険を承知で撃ったというんですか？」

「撃ちますね、警察の威信のために。信頼失墜のはなはだしい昨今、上層部は警察の復権を強く望んでいます。多少の危険を冒してでも凶悪犯罪に断固立ち向かう、そんな強い警察のイメージを作りたがっていますからね」

上司の主張もわからないわけではなかった。それにしても、刑事だったら撃ってもよいなんて判断はいくら上層部でもしないと思う。

続くひと言は心底、薫をへこませた。

「そんな折りも折り、あんなぶざまな事件が起こったわけですからね」

「ぶざまって……」

「テレビに映ったきみの姿はぶざまでしたよ。警察のイメージダウンもはなはだしいですね。きみは、またしても警察の面目を潰すまねをしでかしたのです。だから過激な手段も辞さなかったと思います」

ことばを失った薫に右京はさらにたたみかけるように、

「いくら凶悪犯でも、きちんと裁判を受けて、法によって裁かれなければなりません。それが法治国家の原則です。違いますか？」

言われている内容はわかるが、異動早々そこまで責める必要はないのではなかろうか。せっかく部下ができたというのに、歓迎のことばのひとつもない。聞きしに勝る偏屈な人物だった。

杉下右京——阿部に拳銃を突きつけられた極限状態では失念していたが、改めて思い出すと、刑事部でも噂を聞いたことがあった。とんでもない噂を。

元は捜査二課の切れ者だったらしく、発言はいつも正論、上司にも誰にもこびない孤独な一匹狼。ことばを換えれば、人間嫌いの変人。縦社会の組織には不向きの厄介者。

杉下右京は人材の墓場、下に就いた者はことごとく警視庁を去る——陰でそう囁かれているのも耳にした。

まったく、大変な部署に回されたものだ、と薫は思った。

しかし、根が楽天的な薫はすぐに気を取り直した。たとえ上司はいけすかなくとも、仕事は面白そうだ。特命というくらいだから、特別に選ばれた重要事件を扱うのだろう、と。

「あの、特命係ではなにをやればよろしいのでしょうか？」

「特別に命じられたらなんでもやります。だから、特命係。ちょうどきのう保安課が押収してきた証拠品のビデオがあります。まずはそれのチェックでもお願いしましょうか」

他人を見下したように聞こえる慇懃無礼な敬語でそう命じられて以来、毎日ずっと裏ビデオのチェックばかりやっていた。これではいくら金子係長に励まされたところで、ふてくされたくもなろう。

「くそっ、偉そうに言いやがってよ」ふてくされた薫が毒づく。「マスター、これ、味がしないよ。もっと濃い味がする酒に変えてくれない？」

薫はひとりで酒を飲んでいた。ここ数日のわが身の境遇を嘆き、アルコールの力を借りて現実逃避を企てていたのだ。酔いつぶれるまで飲んでやる、という自暴自棄な気持ちだった。すでに何軒かはしごをし、転がり込むようにしてこの地下のバーへたどりついた。ほかに客もいなかったので、マスターは薫の正面に立ち、煙草をくゆらせている。

「酔っていらっしゃるから、口が麻痺しているんですよ」

薫の顔をのぞき込むようにして、バーのマスターが言った。通りすがりにふらっと入った店なので、マスターとは初対面だった。あまり客商売に向いていなさそうな、寡黙な男である。伏し目がちにぼそぼそ話すので、声を聞き取りづらい。店はマスターの性格を反映したように陰気な雰囲気だった。店名は〈リフレイン〉だった覚えがある。この店では、毎晩こんな不景気なムードがリフレインされているのだろうか。ま、知ったこっちゃないが。

「おれ、酔ってないよ。ただ、突然の異動でさ、リストラされちゃったんだよ。新しい上司はいじわるだし、仕事はつまんないし、飲んでなきゃやってられないよ」

「は、そうですか」

「これさ、味がするのに変えてよ」

しつこい客に根負けしたのか、客のわがままには逆らいきれないと考え直したのか。マスターは苦笑しながら、薫のグラスを替えた。

そのあたりから記憶が曖昧になる。いつの間にかカウンターに突っ伏して眠り込んでいた。ふと目覚めると隣のスツールに赤いドレスを着た女性が座っていた。顔は定かではないが、赤いマニキュアだけは鮮明に覚えている。もしかしたら、口説き文句を口にしたかもしれない。マスターに止められた覚えはないので、そんなはしたないまねはしていない気もする。

たしかなのは、そのうち再び睡魔に襲われて、ついに正体をなくしてしまったことであった。ドレスの女に誘われて店を出たような記憶がかすかに残っていた。


目覚まし時計が鳴ったとき、薫は知らない部屋のベッドの上にいた。前日と同じ服装のまま、ベッドに倒れ込んでいたのだ。痛む頭をかろうじて持ち上げ、部屋を見回す。どうやらアパートの一室のようであるが、まるで見覚えがない。ベッドひとつで手狭に感じられるカーペット敷きの和室だった。安物のカーテン越しに朝日が差し込み、二日酔いの刑事に起床をうながしていた。

昨夜のできごとがおぼろげに思い出されてきた。赤いドレスの女性に誘われて、この部屋までのこのこついてきたのだろうか。それにしてはこの部屋、女性のひとり暮らしというふうでもない。むしろ男所帯のようなむさ苦しさを感じる。

いかにも安普請っぽい部屋である。蹴飛ばしたら穴が開きそうな薄い壁に貼られた木目調の壁紙は日焼けして退色しているし、節の目立つ天井から下がった蛍光灯の笠にはほこりがかぶっている。本棚も衣装箪笥も合成木材製で、地震が起こるとすぐに転倒しそうに思える。

おそるおそるベッドから降りて、隣の部屋へと向かう。チープなダイニングテーブルが見えているので、台所のようだ。家主が朝食の準備でもしているのではないだろうか。無意識にそんな考えが浮かぶ。

そっと台所をのぞき込んだ薫は、意外なものを目にした。大量の一万円札がテーブルの上に散らばっていたのだ。尋常な光景ではない。刑事の勘が騒ぐ。さらにその奥にあったものを視線が探り当てたとき、薫は自分の勘が当たったことを知った。

「まいったな……」

台所の壁に身体をあずけるようにして、見知らぬ男が倒れていた。腹部を真っ赤に染めた出血の状況から、男が絶命しているのは間違いなかった。

三

「その女に誘われたのか？」

よりによって伊丹に事情聴取をされるはめになるとは情けない。薫は大きくため息を吐いた。

殺人事件の発生を通報すると、鑑識員や所轄署の捜査員とともに本庁捜査一課の刑事、伊丹憲一が現場に駆けつけてきたのだ。伊丹と薫の仲の悪さは、一課では知らぬ者がいないほど有名だった。

ふたりは同期だった。ともに刑事になって十年が経ち、階級も同じ巡査部長、宿命のライバルと呼んでもよい間柄なのである。

長身で人を見下したような態度の伊丹を、薫は疎ましく思っていた。なにかにつけ手柄を独り占めしたがるのも気に食わない。だが、いまは遺体の第一発見者として捜査に協力するしかない。

「はっきりと覚えちゃないが、たぶんな」

薫が不承不承答えると、伊丹がいたぶるように訊いてくる。

「女の名前は？」

「わかんねえよ」

「どこの女だ？」

「それもわかんねえ」

「どこの誰かもわからないような女に誘われてのこのこやってきて、あげくのはてにこのざまか」

伊丹の口調には蔑みのトーンが感じられる。不愉快な尋問を甘んじて受けるしかない境遇が、薫は悔しくてしかたなかった。

「ああ、気がついたらこんなことになっていたんだよ」

「じゃあ、女の特徴は？　覚えていることを全部話せ」

「赤い服を着て、赤いマニキュアをしていたのは覚えている。顔はよく見えなかった。でも、ロングヘアーで、背が高かったような印象がある」

そのとき、聞き覚えのある声が耳に飛び込んできた。

「そんな女性、世の中にはごまんといますよ。それではなにも覚えていないも同然です。注意力がはなはだしく欠如していますね。刑事としては致命的です」

特命係の杉下右京だった。相性の悪い伊丹だけでなく、苦手な上司まで姿を現わすとは、まったくもってついていない。薫はあえて視線をそらしたまま弁明した。

「わかってますって。酒に酔っていたんですよ」

「実家は造り酒屋ではありませんでしたか。その息子が酒に飲まれてだらしない」

お礼に差し入れた実家の酒が、このような嫌味になって返ってくるとは。薫は天を仰いだ。

「被害者と面識は？」

「ありません。こんな男、会ったこともない。おれははめられたんですよ」

「すぐにかっとなるのはよくありませんねえ」

「ちょっと特命係の警部さん」

ふたりのやりとりをにやにやしながら聞いていた伊丹が、右京に呼びかけた。

「これは捜査一課のヤマなので横から茶々入れないでもらえませんか」

「失礼」

右京は肩をすくめ、遺体を調べている検視官のほうへ移動した。そばに血に染まった果物ナイフが転がっている。

「この果物ナイフが凶器ですか。刺し傷は何箇所ありますか?」

検視官は右京を正規の捜査員と勘違いしたのか、指で指し示しながら丁寧に検視結果を教えてくれた。

「右脇腹に三箇所、ここととここ、それにここですね。ですが、致命傷はこっちのほうです。ご覧のとおり、心臓をひと突きです」

「なるほど」

情報を仕入れた右京は勝手に室内を歩き回り、押入れや衣装箪笥などを開けては中をのぞいていく。

「警部さん、いいかげんにしてください」

越権行為をみとがめた伊丹が注意すると、右京がそれを手で制した。衣装箪笥の中でなにかを発見したようだ。伊丹と薫が見つめていると、右京が淡いブルーのシャツを取り出した。

「箪笥の底にこんなものが放り込んでありましたよ」

「それ、夏服じゃないですか！」

伊丹が驚くのも無理はなかった。右京が発見したのは、正真正銘、警察官の夏の制服だったのだ。それが証拠に、シャツの裾の裏には所轄署、所属、氏名、血液型などを記したタグがついていた。右京は半袖のシャツを広げて、タグを読んでみせた。

「被害者は警察官だったようですよ。所属は東荻窪署地域課、氏名は松原俊輔、血液型はO型と書いてあります」

「なんだって！」

伊丹が色めき立った。


被害者の松原俊輔は、東荻窪署管区内の新井北交番に勤務する巡査であった。同じ交番に勤める同僚の話によると、松原の勤務態度は問題が多く、遅刻の常習犯だったという。さらに素行も悪く、署内で鼻つまみ者扱いされていたことがわかった。警官の服を着たやくざという風評まであったらしい。

殺されたのが問題の多い警官で、それを発見したのが先日へまをおかしたばかりの刑事という事態を重く見た刑事部の部長、内村警視長と参事官の中園警視正は、即座に捜査一課の係長、金子を呼びつけ、事件が表ざたにならないよう箝口令を敷いた。そして、所轄ではなく本庁内に捜査本部を置き、穏便かつ速やかに事件解決に当たるよう、という異例の命令が下されたのである。

金子は銃器摘発一筋に叩き上げで警部までのぼりつめた人物だった。かつては鬼と恐れられていたが、係長となって捜査一課の刑事たちを統べるようになってからは、調整役の仕事が多くなってきた。

「マスコミには事後報告だけにしてください……か。まったく、キャリアの連中は肝が据わっていないな」

内村と中園からの命令を思い出しながら、金子はそうひとりごちた。不祥事をもみ消したがる事なかれ主義の上層部を心の中であざけりながらも、命令にはきちんと従おうと金子は決心した。

四

奥寺美和子は帝都新聞社会部に勤務する記者だった。

警視庁の記者クラブにつめて、事件報道を手がけている。根っからのジャーナリストだと自負していた。大学時代から新聞部に所属し、世の中の不正を暴く仕事に憧れてきた。正義感と行動力には自信がある。社会部は自分から手を挙げた職場だった。

それはそうなのだが、実際に社会部に配属が決まったときには、偶然のいたずらに驚いた。大学時代からの交際相手の亀山薫が本庁の刑事だったからだ。記者クラブにつめていれば、ときには顔を合わすこともある。薫とはいまも同棲生活を営む仲なのだ。

もともとスポーツ特待生で大学の野球部に所属していた薫を、新聞部の美和子が取材したのがなれそめだった。気さくで人のよい薫とはすぐに意気投合し、やがて交際するようになったが、将来をこの相手に託すということまでは考えていない。一緒にいて安心できるパートナー、それが美和子にとっての薫の位置づけだった。

薫は最近、刑事部の捜査一課から生活安全部の特命係へ異動させられ、持ち前の元気をなくしていた。美和子はそれが気がかりであった。もうひとつの気がかりは、きょうの金子警部の応対だった。荻窪でなにか事件があったらしいと探りを入れただけなのに、けんもほろろに追い返されたのだ。

――この事件には首を突っ込まないほうがいい。亀山のためにも。

あの台詞はどういう意味だろう。ふたりが交際している事実は隠していないので、金子が知っていても不思議ではない。しかし、「亀山のためにも」とは意味がわからない。

美和子がひと足先に世田谷のマンションに戻って考え込んでいると、薫が疲れた顔をして帰ってきた。悩みといらいらがないまぜになったような不機嫌な表情のパートナーに、美和子は鎌をかけた。

「薫ちゃん、荻窪のアパートでなにかあったの？」

「耳が早いな。どうしてそれを知っているんだ？」

「住民から社にタレコミがあったのよ。荻窪のとあるアパートの周りをたくさんの警官がうろうろしていて、血だらけの遺体が運び出されたって。それなのに、所轄署に捜査本部が設置されているわけでもない。どういうことなのかしら。金子係長をつついても、この件には首を突っ込むなって」

「知らないな。それよりメシにしない？」

ふだんは口の軽い薫がわざと無視している。女の勘が働いた。

「薫ちゃん、この事件にかかわっているんじゃないでしょうね？」

「どうして、わかった？」

すぐに尻尾を出す単純さが薫の美点のひとつである。美和子は一気に攻め込む決心をした。

「薫ちゃん、ゆうべ、この部屋に帰ってこなかったよね。なにがあったの、ちゃんと説明してちょうだい」

元来防御には弱いと自覚している薫は、ここは正直に話そうと決めた。それに、たとえこの場を取り繕ったとしても、記者クラブに通っている美和子が事件を知るのは時間の問題だと思ったからだ。

「伊丹の野郎、おれを容疑者扱いしやがってさ。凶器の果物ナイフにおれの指紋がついていたからだって。凶器にそんな証拠を残しておいて、事件の通報なんかするはずないじゃないか。案の定、女の容疑者が見つかったらしく、無罪放免、釈放されたわけだけどよ」

長い釈明を終えて、薫が顔を上げると美和子の表情がこわばっていた。

「つまりその女に誘われて、鼻の下伸ばして部屋までほいほいついていったわけね」

「伊丹と同じようなこと言うなよ。誤解だって。なんにもしてないって」

その言い訳が、美和子の怒りの炎に油を注ぐ結果になった。

平手で力いっぱい薫の頬をはたき、

「なにもしなければ、部屋に上がり込んでもいいいんだ。しかも殺人事件にまで巻き込まれて、みっともないにもほどがあるわ。人質にされるわ、捜査一課からは左遷されるわ、そのうえ今度は……」

薫は左の頬を押さえながら、

「はめられたんだよ。信じてくれよ」

「わかった、あたし出ていく」

「おい、なにを言いだすんだよ」

「結婚もしていない男と女が、ずるずると同じ部屋で暮らしているのがきっとよくないのよ。出ていく」

美和子はそう言うと、クローゼットから旅行カバンを取り出し、衣装を詰め込みはじめた。

「おい、本気か？　待ってくれよ。ねえ、メシにしよう。今夜はおれが作るから」

薫がなだめても効果はなく、美和子は荷造りの手を休める気配がない。パフォーマンスに過ぎないだろうとたかをくくっていた薫も、この事態は笑い事では済まされないと気づき、大いに慌てた。なんとかせねばならぬと思う。

「じゃあ、結婚しよう」

「あたしをおちょくってるの？」

「だって、結婚もしていない男女ってことが問題なら、結婚すればいいわけだろ？」

憤りをこめた視線を思慮の浅いパートナーに浴びせて、

「ちょっと、状況をわきまえてからプロポーズしなさいよ。そんな調子だから、まんまとはめられるのよ」

美和子はそう吐き捨てると、寝室に逃げ込んだ。そのまま、室内からドアにロックをかけた。

むしゃくしゃした気分が収まらない。部屋に飾ってあったガラス製の写真立てをフローリングの床に叩きつける。ガシャンと大きな音がして、ふたりの思い出の写真にひびが入った。怒りのヴォルテージが少し下がり、心の隙間に悲しい気持ちが侵入してきた。

「美和子、開けてくれよ。おれは松原を殺しちゃいないし、女ともやってない。神に誓って潔白だ」

ドアの外では薫がおずおずと申し立てていた。はめられたというのはおそらく本当なのだろう。薫は嘘がヘタなので、自分を騙そうとしていないことはわかる。だからと言って、自分をこんなにみじめな気持ちにさせた相手をすぐに許すつもりはない。知らぬ間に涙が出ている。

一枚のドアを隔てて、申し開きとすすり泣き。マンションはいまや殺伐としてよそよそしい空気に支配されていた。

そんな冷えきった空間に携帯電話の着信音が響いた。薫の上着の中からだった。

薫が携帯電話を取り出すと、着信欄には「杉下右京」という表示があった。どこまでいじわるな上司なのかと怒りがこみ上げてくる。

舌打ちしながら電話に出て、

「すみません、ただいま取り込んでいるんで、あとにしていただけませんか」

しかし、右京は部下の窮状などお構いなしに、

「たったいま、重要参考人が連行されました。髪の長い女ですよ」

薫はあくまで刑事だった。

「え、すぐに行きます」

電話を切ると、ドアの向こうの美和子に「待ってろよ」と声をかけて、マンションから飛び出していった。

五

殺された松原のアパートから押収されたビデオテープはえげつない内容を含んでいた。松原はみずからの性行為の一部始終をビデオカメラで撮影していたのだ。最初から撮影を意図していたらしく、照明の具合もよく、相手の女性の表情もはっきりと映り込んでいた。ビデオカセットのラベルには相手女性の名前も記入されており、その身許は間もなく判明した。

重要参考人として警視庁へ連れてこられた女性は、硬い表情をして現在取調室の椅子に腰かけていた。机越しに伊丹と対面している恰好だった。

伊丹がおもむろに口を開く。

「小泉綾子さん、このテープにあなたが映っていました」

小泉綾子と呼ばれた女性は目を伏せて、じっとうつむいていた。長い黒髪が前に垂れ、細面の顔色は蒼白である。どことなく影の薄い幽霊を思わせた。

「松原俊輔の部屋から見つかったものです。彼は何者かにより殺されています」

「わたしが殺しました……すみませんでした」

隠し立てをしてもむだだと悟ったように、しっかりした口調で小泉綾子が自供した。

「あなたと松原との関係は？」

「テレクラで……ちょっといたずらでかけてみたテレクラで知り合ったんです」

「いつ？」

「半年ほど前です」

「で？」

「なんとなく意気投合して、付き合うようになりました」

「交際していたわけですね」

伊丹が確認すると、綾子はたたんだハンカチを強く握りしめて、大きくひとつうなずいた。

「どうして恋人である彼を殺したんですか？」

綾子は答えをためらったが、伊丹が催促すると、思いつめたようすで重たい口を開いた。

「悪魔だったんです。善人の皮を被った悪魔。警察官だというので信用していたら、とんでもない悪党でした。そのビデオも、わたしの了承もなく勝手に撮られてしまいました。本人は趣味だと言っていましたが、実際はわたしが逃げられないようにするための脅迫材料でした」

　綾子の感情が暴発した。堰が切れたようにことばが流れ出てくる。

「ゆうべは別れ話をつけるつもりで松原のアパートへ行きました。ビデオテープを買い取るつもりで百万円も用意しました。でもあの男は鼻で笑って相手にしてくれませんでした。それればかりか、力ずくでわたしを押し倒そうとしました。このままずるずると関係を続けていたら、きっとわたしは破滅する。そう思ったら怖くなって、台所へ逃げ込みました。気がついたら果物ナイフをつかんでいました」

　一気にここまでしゃべると、綾子はすすり泣いた。

「それで?」

　伊丹の目つきはねずみをいたぶる猫のように残忍だった。逃げ場を失ったねずみは自供を続けるしかなかった。

「松原はそんなに簡単に人を刺せるものではない、とあざ笑いました。そしてわたしの手からナイフを払い落として、覆いかぶさってきました。わたしは必死でした。床に組み敷かれる前に手を伸ばすと、ナイフが指先に触れたんです。松原は油断していました。冷静だったら、あの男の言うとおり刺せなかったかもしれません。でも、頭に血がのぼっていたので……」

綾子がことばにつまると、伊丹が続きの台詞を口にした。

「果物ナイフで刺した、わけですね」

すでに覚悟を決めた綾子は、素直に首を縦に振ったのだった。

この取り調べのもようをマジックミラー越しに隣の部屋からうかがっている者たちがいた。伊丹の上司の金子と、特命係の右京、薫の三人である。伊丹がミラーの反対側から、こちらに目を向けた。その瞳は獲物をしとめた喜びの輝きを帯びていた。

おもむろに立ち上がって取調室を出た伊丹は、隣室の金子の元に歩み寄ると、不敵な笑みを浮かべた。

「ホシは小泉綾子で間違いないと思います。さっそく逮捕状を請求して、容疑者に切り替えて、事情聴取を続けます」

「わかった。そうしてくれ」

金子がうなずきかけたとき、薫が割り込んだ。

「彼女じゃない。おれを誘った女は彼女じゃない」

「なんだと」

思わぬ邪魔者の登場に伊丹が気色ばむ。そこで、右京が薫に問いただした。

「根拠はなんですか？」

「バーであった女はもっと大柄でした」

薫が答えると、伊丹がすぐに反論した。

「しかし、あの女は犯行を自供しているんだぞ。現場にばらまかれていた一万円札の説明もきちんとついている」

「だったら、おれが会った女は誰なんだ？」

「それはこっちが訊きたいよ」

ふたりが口論をはじめると、右京は「確かめましょう」と言って、ひとりでつかつかと取調室へ入っていった。薫と伊丹が呆気に取られたまま、あとに続く。

右京は容疑者の前に出ると、薫を示しながら、

「小泉綾子さん、あなたはこの男に会ったことがありますか？」

綾子は首を傾げると、「どこかでお会いしましたっけ？」といぶかしげに答えた。

「新宿のバー〈リフレイン〉、覚えていないかな？」

薫が顔を近づけて確認を迫ると、綾子は戸惑いながらもきっぱりと否定した。

「いいえ、そんな店、知りません」

「ちょっといいですか」と、右京。「あなたは松原を何回刺しましたか？」

「勝手な尋問はやめてください。捜査が混乱します」

伊丹が特命係の変わり者を牽制したが、それに動じる変わり者ではなかった。

「正確に何回刺したかお訊きしたいんです」

綾子はどこかに罠がひそんでいるのではないかと疑うように、慎重に答えを出した。

「三回……だったと思います」

「そんなはずはない。四回だろう」

高圧的な口調で伊丹が決めつけると、綾子はびくんと大きく身を震わせて発言を訂正した。

「そうだったかもしれません」

「いまのは誘導尋問です」

右京はたちどころに抗議すると、綾子に向き合った。

「三回か、四回か、正確に思い出せませんか?」

「すみません、本当に覚えていないんです」

「杉下、そのくらいでいいだろう。あとはうちに任せてくれないか」

「失礼しました」

金子にそう言われると、特命係の変わり者とて引き下がらざるを得なかった。金子は昔から右京に目をかけ、なにかと世話をしてくれた先輩だったのだ。

右京の卓越した頭脳は、出世を狙うキャリア族には時として疎ましいものに映ったが、ノンキャリアの叩き上げである金子には競合するようなものではなかった。常に出る杭として扱われることに慣れていた右京も、気安く接してくれる金子には心を許していたのである。

いつになく興奮してしまった自分を恥じるように、右京は一礼してその場を辞した。

六

翌日の朝刊各紙の一面トップに、小泉綾子容疑者が警察官殺しを自供という記事が、顔写真入りで掲載された。それを読んだ亀山薫は、新聞を破かんばかりの勢いで叫んだ。

「まるで事件が解決したみたいじゃないですか。冗談じゃない」

「きみの言う謎の女の存在ですか」と、上司の杉下右京。

「おれが会った女が必ずこの事件に関係しているはずです」

憤懣やるかたないようすの部下に対し、右京は冷静に忠告した。

「捜査一課では酔っ払いの証言にあまり重きを置いていないようですよ」

捜査一課の連中はもとより、上司にまで信用されていないと知り、薫の闘争心に火がついた。

「くそっ、ちゃんとした証人を連れてくればいいんでしょう。おれを誘ったのが小泉綾子ではないと証言してくれる人間がいればいいんでしょう」

「そういう人がいれば申し分ありませんね」

「見ててください。必ず連れてきますよ」

気取った上司を見返してやりたい一心で、薫は啖呵を切ったのだった。

薫の目的地はバー〈リフレイン〉だった。まだ昼間なので営業時間外であるとはわかっていたが、だめもとで訪れてみると、幸いにもマスターは店にいた。薫と同じくらいの背恰好で、もの静かな印象の男である。

薫は素面の目で改めて店内を観察した。うなぎの寝床のような細長い空間である。自分が腰かけたスツールはたしかカウンターのほぼ中央だった。そしてその右隣に……。

「まだやっていないのに悪いけど、ちょっと確認させてもらえないかな。マスター、おれのこと覚えてるよね?」

薫が申し出ると、マスターはポーカーフェイスのまま、左手で煙草に火をつけた。

「はい。お客さまの顔は忘れないように心がけていますから」

「頼もしいね。実は、おれ、こういうものなんだけど」

警察手帳を開いて身分証を見せると、マスターの顔がわずかにこわばったようだった。名前を尋ねると、早川純弥と名乗った。一般人の警察に対する反応には慣れている薫は、早川の迷惑そうなようすを気にせずに確認を進める。

「おとといの夜、おれのあとに女の客が来たのを覚えているかな」

「いらっしゃいましたね」

「おれの隣の席に座ったよね」

「はい」

わが意を得たりと、ジャケットのポケットに忍ばせておいた小泉綾子の写真を取り出した。

「その客なんだけど、この女だったかな?」

マスターの口から思いがけないことばが返ってくる。

「はい、この女性だったと思います」

「えっ?」

早川は写真から目を離すと、

「この方でした」

「ちょっと待って。よく見てよ」

「間違いありません。絶対この方です」

マスターは薫の隣に座った女性が小泉綾子だったと断言した。薫は狐につままれた心地でバーをあとにするしかなかった。

(おかしい。なにかがおかしい)

自分の机に戻って頭を抱えていると、席を外していた右京が帰ってきた。

「証人は見つかりましたか?」

しょげかえった気持ちで、薫が答える。

「それが……バーのマスターに否定されてしまいました。小泉綾子だったたって言うんです」

「おやおや、逆の証人が現われたのですか」

「でも、そんなはずありません。おれが会った女の印象はぜんぜん違うんです」

「ぼくもそう思いますよ」

右京は言い放つと、仕立てのいいスーツの内ポケットに手を差し入れ、折りたたんだ書類を引っぱり出した。意表をつかれたようすの薫の前で書類を広げる。それは松原の解剖所見だった。

「図面のほうをよく見てください。刺し傷は全部で四つあります。脇腹から腹部正面にかけて三つ。これらは極めて浅い傷です。それから心臓部分にひとつ、こっちは非常に深く、これが致命傷になったようです。特筆すべきことは、三つの浅い傷はナイフの刃先が下向きであるのに対して、致命傷の深い傷だけナイフの刃が上向きなんですよ」

「ということは」

「小泉綾子以外にもうひとり別の人間が松原を刺した可能性を示唆しています」

薫はうなずきながらも、

「でも、こういう可能性も考えられませんか。同じ人物が三回刺したあと、ナイフを持ち替えて心臓にとどめをさした。どうでしょう?」

「きみがまったくのばかではないと知って安心しました」

右京の物言いには救いがなかった。

「もちろんその可能性はあります。だからぼくはきのう小泉綾子に正確に何回刺したかを確認したんですよ。残念ながら彼女の供述がそのあたり曖昧で、確証を得ることはできませんでしたが」

「なるほど」

「きみを松原殺しの容疑者だとは言いません。しかし死体の第一発見者であり、ひょっとすると真犯人の唯一の目撃者でもある。誰よりも今回の事件の一番近いところにいるのはわかっているでしょう。違いますか?」

そう突きつけられると薫はうなずくしかない。さらに、右京の口から厳しいひと言が放たれた。

「証人も連れてこられないのでは話になりませんね。いまのきみが刑事を名乗るとはおこがましいですね」

この叱責は薫の胸に深く響いた。ひとりよがりの自分が恥ずかしかった。言い返すこともなく、うなだれるだけであった。

右京は解剖所見を持って捜査一課へ向かった。金子の席へ行き、いましがた薫に行なったのと同じ説明を繰り返す。

「小泉綾子以外の人間がいた可能性があります」

右京がそう締めくくると、伊丹が嚙みついてきた。

「四回だ、四回。小泉綾子は四回刺したんだよ。供述調書にちゃんとそう書いてある。サインもしてある」

「供述を誘導しませんでしたか？」

「なんだと」

伊丹の右手が伸びてこようとしたのを、金子が間に入って止めた。

「杉下、この件に関して、おまえは部外者だ。余計な口出しはしないでくれよ」

「わかっております」

「われわれも謎の女の行方は追っている。しかし、一向に捜査線上に浮かんでこないんだ」

「引き続き捜査をお願いします」

右京は一礼すると、険悪な雰囲気の捜査一課をあとにした。部屋の刑事たちの険を含んだ視線が背中に突き刺さるのを感じながら、自らの気持ちを奮い立たせた。

七

警視庁の記者クラブでパソコンに向かって原稿を書いていた奥寺美和子の携帯電話が鳴った。薫からである。荷物をまとめて薫のマンションを引き払い、昨夜はホテルに泊まった。謝罪の電話なら許してやろうか、と思う。さすがにもうこりただろう。

「どうしたの、仕事中なんだけど」

「おれさあ、刑事を続けていく自信がなくなったよ。故郷《くに》に戻るかもしれない。実家の造り酒屋を継ぐのも悪くない気がしてきた」

薫は予想以上に落ち込んでいるようである。しかし、ここで甘やかしてはならないと意を強くする。

「そうね、しんどい思いして続ける必要はないかもね」

「だよな」

薫のことばにいつもの明るさがない。

「だけど、あたしは行かないわよ」

「え?」

「薫ちゃんの実家には」

「そんなことは言ってないよ」

「嫁になって一緒に来てくれ、って言うのかと思ってさ」

薫は自嘲気味に笑ったあと、

「おれたち長すぎたのかもしれない。学生のときからだから、もう十年になるもんな」

感傷モードに入ってしまった男の愚痴を聞いている暇はない。美和子は心を鬼にした。

「そうね。ほかに用がなければ、もう切るから」

「悪かったな、仕事の邪魔して」

薫が沈んだ声のまま電話を切ると、美和子の心が騒いだ。だらしない恋人には灸をすえてやる必要があるし、こちらからすぐに手を差し伸べてやるのは癪に障る。かといって、このざわついた気持ちのままで仕事を続けることはできなかった。

美和子は思い立ったらすぐに行動する人間だった。生活安全部のあるフロアへ行き、特命係の杉下右京を廊下へ呼び出した。

「どうなさいましたか？」

メタルフレームの眼鏡にサスペンダーという姿で、右京が出てきた。嫌味なほど紳士を気取っている姿を見ると、無性に腹が立った。

「あたくし帝都新聞社会部の奥寺美和子と申します」

作り笑いを浮かべて、名刺を渡す。

「それで？」

「杉下右京は人材の墓場と噂されているようです。過去に杉下さんの下に配属になった部下が六人も辞めているのは、なにか原因があるのではないでしょうか？」

「ノーコメントということにさせていただきますか」

「では、質問を変えます。新しく来た亀山薫さんという方はいかがでしょう。モノになりそうですか？」

右京は質問の意図がわからず、

「個人のプライバシーに関する質問にはお答えできませんね。では、失礼しますよ」

美和子は立ち去ろうとする右京の横にさっと近寄り、小声で耳打ちした。

「他人ではないんです。あたし、薫ちゃんと一緒に生活しているので」

ちょっと驚いたようなそぶりを見せて、右京は立ち止まった。

「おやおや、そういうことでしたか。ならば、ぼくの感じた人物評を述べておきましょうか。亀山薫くんは、そうですね、人柄はよさそうですが、すぐに頭に血がのぼるタイプみたいですね。しかし一方で、あの能天気さは評価できます」

「それって褒めているんですか？」

「そのつもりですけど」

すました顔で右京が答えると、美和子は右足のかかとで思いきり相手の左足を踏みつけた。右京の顔が歪む。

「あんまりいじめないでくださいね。あいつああ見えて、打たれ弱いんですから」

美和子は深々と礼をすると、右京の前から去っていった。いつぞや携帯電話で薫に伝えたのと同じやり方で自分が痛めつけられたのは奇遇だなと、激痛に苦しみながらも右京は考えていた。

翌朝、薫は右京よりも早く登庁した。懐には辞職願を忍ばせていた。これを変わり者の上司に叩きつけて、辞めてやる。そういう気持ちだった。人材の墓場の伝説が、また厚みを増すことだろう。

しばらくすると右京が出勤してきた。「おはようございます」といつもどおり感情のこもっていない声が聞こえたので振り返ると、なぜか上司は左足を引きずっている。

「あれ、どうかしたんですか？」

「いや、ちょっと」

右京は部下の気遣いを手で制して、紅茶をいれようとしている。なんとなくタイミングを逸してしまい、薫は辞職願を机の引き出しに一旦しまうことにした。

そのときである。小泉綾子が留置場内で自殺を図ったというニュースが飛び込んできた。洋服に付属していたひもを鉄格子に結びつけて、首をくくろうとしたらしい。一命を取り留めた容疑者は西東京警察病院へ運ばれて、容態を経過観察中だという。

「すぐに向かいましょう」

右京はまだ左足を引きずりながら、部屋を飛び出した。薫もそれに続く。そして、連れ立って西東京警察病院へ向かった。

ふたりが到着したとき、小泉綾子の病室にはすでに金子の姿があった。綾子は蒼ざめた顔をしてベッドの上で眠っていた。生気がないので病状がわからない。

「容態は？」

右京の問いに、金子が重々しい声で答えた。

「幸い発見が早かったので、命に別状はないらしい」

「どうしてこんなことになったんです？」

「伊丹が送検を急ぐあまり、多少取り調べに行きすぎがあったようだ」

「行きすぎと言いますと？」

「亀山、きみの言う行きずりの女の存在が送検の邪魔になって、伊丹はずいぶんと締め上げたようだ。おまえは嘘をついている、正直に話せ、とな」

「嘘？」と、薫。

「きみと会った覚えはないという彼女の主張が嘘、ということだよ」

「でも、現におれは会ってないんですから」

「小泉綾子さえ嘘だと認めたら、酔っ払いのきみの証言など黙殺できる」

金子のことばは言い訳がましく響いた。

「そんな」

「彼女が犯行を否認しているならまだしも、全面的に認めているからな」

「許されるんですか、そんなでたらめが」

薫は憮然として金子を睨みつけると、病室から出ていった。


その日の帝都新聞の夕刊に、「警官殺しのＯＬ　留置場で自殺未遂」という記事が載った。帝都新聞のスクープであった。

この記事の波紋は大きく、事件を隠していた警視庁の上層部は、マスコミによる責任追及の矢面に立たされることになった。

右京はこの記事を読んで、にやりとした。特命係の部屋にまだ薫は戻ってきていない。右京は部下を捜しに警視庁の庁舎を出た。

桜田門から国会議事堂をバックにして皇居のお濠を見ながら、しばらく歩く。日はとっぷりと暮れており、夜気が肌に冷たく感じる。右京は途中にあった自販機の前で立ち止まると、しばらく考えて温かいドリンクを二缶買った。

行く手にこんもりと樹木の茂った日比谷公園が見えてきた。右京は迷わず公園に入り、散策路を歩きはじめた。しばらく歩くと、目的の人物が見つかった。薫は道端のベンチに、ぼんやりと座っていた。

右京はそっと近づき、缶コーヒーを差し出した。

「きみはコーヒー党でしたよね」

押し黙ったままの部下の手に缶を押しつける。そして自分もベンチに腰を下ろした。

「帝都新聞のスクープはきみの仕業でしょう?」

「どうしてそれを?」

「帝都新聞一社のスクープですから、情報源の特定は簡単です。なに、きみの彼女からあいさつされたことがありましてね。少々手荒なあいさつでしたが」

右京はそう言うと、左足にちらりと目をやった。

「手荒なあいさつ?」

うつろな薫の顔に怪訝な色が一瞬浮かんだ。

「いや、ことばの綾ですよ。それにしても、きみも危ない橋を渡りますねえ」

警察への信頼を失墜させる情報を漏らしたことで責められるのを覚悟した薫は、うつむいてじっと缶を見つめた。

「ぼくは好きですよ、そういう無茶な人」

薫は耳を疑った。いまの右京の口ぶりは嘘や冗談とは思えなかった。上司の口から思いもよらぬ台詞を聞き、薫は少しだけ救われた気分になった。もらったコーヒーのプルトップを引き上げ、ひと口喉に流しこむ。

「どうすればいいですかね。小泉綾子が嘘を吐いていたなんて到底信じられません」

右京は部下のことばに耳を傾け、真剣にうなずいた。

「嘘の自供を強要されようとして、自殺を図ったくらいですからね」

「となると、〈リフレイン〉のマスターが嘘を言っていることになります」

「マスターの勘違いということはありませんか？」

「いや、自信満々に断言しましたから。もう一度、確認すべきですよね？」

薫は上目遣いで上司の判断を仰いだ。

「それがいいでしょう」

右京が同意した。薫は意を決して立ち上がろうとしたが、本心のところ、ひとりでは心細かった。

「あの……一緒に行ってもらうことはできませんか」

遠慮がちの部下の申し出に、変わり者の上司は会釈しながら答えた。

「もちろん、そのつもりです」

八

数時間後、薫は右京の行きつけの小料理屋でほどよく温まった熱燗を口に運んでいた。

英国かぶれの上司から初めて誘われた先は意外なことにブリティッシュ・パブではなく、感じのよい和食の飲み屋だった。〈花の里〉と染め抜かれた暖簾を分けて引き戸を開けると、木のぬくもりを感じる和の空間が出現した。決して凝ったつくりではないが、居心地のよさそうな清潔な店である。

カウンター席だけのこぢんまりとした店内を仕切っているのは清楚な和服の女将だった。右京はしばらく女将と親しげにことばを交わしていたが、やがて椅子に座ったまま舟をこぎはじめた。ひとり取り残された薫は猪口を片手に、バー〈リフレイン〉でのようすを回想していた。

なんといっても、〈リフレイン〉のマスター、早川純弥の態度の変化が腑に落ちなかった。あの夜、薫の隣に座った赤いドレスの女の正体に関する証言がころころ変わるのだ。前回その女は小泉綾子で絶対間違いないと断言したのに、今回はたぶんそうかもしれない程度にトーンダウンした。さらに追及したら、小泉綾子ではなかったかもしれない、とことばを翻した。客商売なので客の顔は忘れないと自慢気に語っていたのはなんだったのだろう。

右京も右京だと思う。自分は早川に事情を聞くでもなく、ひとりだけトム・コリンズなんか頼んで、カクテルを作るマスターの手元を、子どものように目を輝かせて眺めていた。カクテルがそんなに珍しかったのだろうか。その右京は現在、椅子に座ったまま上体を揺らしながら眠っている。それほど酒が強くないのなら、カクテルなど頼む必要もなかったのに。

薫が考え込んでいると、女将がカウンターの中から出て、隣の席へ移動してきた。右京とは反対側の椅子に優雅に腰かけると、酌をしてくれる。

女将は宮部たまきと名乗った。細面ですらっとした体型なので和装が映える。豊かに表情を変える切れ長の目と屈託のない笑顔は、異性だけでなく同性からも好かれるだろう。しとやかな大和なでしこタイプの美人であるが、ときおり垣間見える芯の強さは、この女性がひとりで小料理屋を切り盛りする女将である事実を薫に思い出させた。

こんな美人から酒を注がれると悪い気はしない。薫は寝込んだ右京のほうを目で示しながら、会話の糸口を探った。

「杉下さんはこのお店の常連なんでしょう」

女将は内緒話でもするように、声を潜めた。

「よく来るけど、いつもひとり。この人が部下の人を連れてきたのは初めてなのよ。この人、友だちがいないの」

「美人の女将さん目当てなんでしょうね」

ふとたまきの顔が曇った。しかし、すぐにもとの穏やかな顔に戻る。

「わたし、この人と結婚していたの。この人は別れた夫なのよ」

「んっ？」

さらりと語られた衝撃的な内容に薫は酒を噴き出しそうになった。女将は優しい笑顔で薫の杯に酒を注ぎ足した。

「大変でしょう、この人の下で働くの」

「ええ、まあ」

完全に女将にペースを握られてしまった薫は、曖昧なことばを返すだけで精いっぱいだった。

「みんな辞めちゃうのよ、この人の下で働くと。自信なくしちゃうんですって」

「えっ？」

女将はどこか遠いところを見ているような目をしている。

「この人が刑事としてどれだけ優秀か知らないけど、わたしから言わせれば、ただの天邪鬼。頑固で不器用で変わり者。この人見て、自信なくすのもどうかと思うんだけど」

「はあ、でもその方と結婚なさっていたのでしょう」

「うん、一年くらい」

「なんか信じられませんね」

「頑固で不器用で天邪鬼なところに惚れたんだけど、頑固で不器用で天邪鬼だから夫としては最低でした」

共感した薫がさかんにうなずいていると、隣からぶっきら棒な声が聞こえた。

「たまきさん、あなた、少ししゃべりすぎですよ」

「やだ、起きてたの？」

女将はしまったという顔を元の夫へ向けた。しかし、起きぬけの右京の興味はすでに以前の妻と現在の部下から別のものへ移ったあとだった。薫が上司の視線を追うと、カウンターの反対側で食事を楽しんでいるカップルに行き当たる。とても仲がよさそうである。

（あのふたりがどうかしたのだろうか？）

いぶかる薫などそっちのけで、右京は立ち上がり、つかつかとカップルのほうへ近づいていった。そして、「失礼」と断って女性の左手をつかんだのである。爪に塗られた真っ赤なマニキュアが目を引く。

「きゃっ」

女性が驚き、連れの男性の顔が一瞬のうちに険しくなる。右京の所作からはなにかに取り憑かれたような迫力が感じられたが、物腰はあくまで丁寧だった。

「ご協力お願いいたします」

「なにやってんですか」「なんですか、いったい」

見かねた薫が駆け寄るのと、不快感をあらわにした連れの男性が声を荒げるのは、ほぼ同時だった。

右京は真剣な口調で女将に呼びかける。

「たまきさん、除光液とティッシュペーパーを持ってきてください」

薫は変わり者の上司の意図が汲めなかったが、ともかくカップルの客をなだめるべきだと考えた。

「警察手帳を提示して、

警察です。突然ですが、ご協力に感謝いたします」

女将も心から謝って協力を求めたので、カップルの気持ちも落ち着いたようだった。

右京はティッシュペーパーに除光液を染み込ませながら、柔らかな口調で女性に話しかけた。

「失礼ですが、これほど真っ赤なマニキュアは最近では珍しいですね」

「ええ……きょうのラッキーカラーが赤だったので、家にある一番赤いマニキュアを塗ってきました。それがどうかしましたか？」

当惑しながら、女性が答えた。右京はにやりと笑って、カップルふたりに申し出た。

「なるほど、それでよいことがあったのですね。おふたりともとても幸せそうに見えます。もうきょうも終わりなので、申し訳ないですが、マニキュアを落とさせてください」

「ええ……構いませんけど……」

ふたりの了解を得ると、ごしごしと女性の爪をこすった。みるみるうちに赤いマニキュアが爪の表面から落ちていく。さらにこすると、ほとんど色が消えた。ただ、爪の両脇の溝になった部分と根元だけは指先の皮膚に邪魔されてティッシュが届かない。そのために淡いピンク色が残っている。

「これです。これと同じ感じでした」

女性の指を見つめながら得心したように、右京が言った。珍しく、声が興奮している。しかし、薫には興奮の理由がわからない。

「なにがですか？」

「トム・コリンズを作る早川の指先は、これと同じように薄く染まっていました。早川は右手でグラスを押さえ、左手でステアしていました。ぼくの目の前にあった右手の爪の根元に赤いものが残っていたんです」

ここにおいてようやく、薫は右京がただ無邪気にマスターのカクテル作りを見ていたわけではなかったことを知った。

「どういうことです」

「あれはマニキュアの取り残しだったのではないでしょうか」

話の流れから、ここまでは薫も読めたが、そのあとがわからない。

「なんでマニキュアなんか？」

「女になるためですよ」

「女？」

「ひょっとしてきみを誘い出したのは、男だったのかもしれませんね」

「男？」薫の声が裏返った。「そうか！」

「なにか思い出しましたか？」

「大柄だと思い込んでいたのは、女にしては手が大きかったせいかもしれない」

「マニキュアは赤というのもどちらかというと男の発想です。男が女に変装しようとしたら、ついついはでな赤を選んでしまうのではないでしょうか。せっかくですから、いまから早川をちょっとつついてみますか」

興奮を押し殺すように、右京が提案した。

ふたりがバー〈リフレイン〉に顔を出すと、マスターの早川はあからさまに迷惑そうな顔をした。

「また、あんたたちですか。もう閉店なんですけどね」

「まあまあ、酒を飲みに来たわけじゃないから」と、薫。

「なにか忘れ物でも？」

「いやいや、これをちょっとね」

言いながら、薫は紙袋からなにかを取り出した。ロングヘアーのかつらだった。

「被ってもらえないかなあ」

「おれが？　やだよ、そんなこと」

悪い冗談には付き合いきれないというそぶりで、早川は拒否した。

「いいじゃない、ちょっとだけ」

「これどういう趣向なんですか？」

早川は呆れたと言わんばかり、カウンターの内側に入ってきた右京に訴える。

「こういう趣向なんですよ」

言うが早いか、右京の右手が早川の首をとらえる。不意をつかれて喉を絞められた早川が苦し紛れに手を振りほどこうとしたところ、右京はすばやく体を入れ替えて、早川を羽交い絞めにした。そのまま上半身をカウンターの上に押さえつけた。

「さあ、いまです」

ふだんの右京からは考えられない強引なやり口に薫は目を見張った。そのため一瞬ためらいがあったが、慌てて早川の頭に持参したかつらを押しつける。それを見届けた右京は早川の上体を引き起こして、顔を上げさせた。

「亀山くん、どうです。こんな感じでしたか」

「いや、はい、なんとなくこんな感じだったような……」

薫が答えをためらっていると、早川が猛然と抗議した。

「おいこら、いったいなんのまねだ」

「そっちこそ、なんのまねですか」早川の耳元で右京が囁く。いきなりどすを利かせて、

「女装して彼を誘ったのは、おまえだろう」

薫は右京がここまで乱暴な取り調べを行なうとは想像していなかったので、驚いていた。自分の証言を確かめようと身体を張って奮闘してくれているのはありがたいが、容疑も固まっていないのに暴力をふるうのは問題である。一方的な決めつけも、非難していた伊丹のやり方と大差ないとも言える。

右京の加勢をするべきか、むしろやめさせるべきかと態度を決めかねていると、体格で勝る早川が、とうとう右京の拘束を振りほどいた。

「知るか。なんのことだかわかんねえよ。とっとと帰れよ」

早川は逆上して、かつらを薫に投げつけた。スコッチの空き瓶を左手で握りしめ、振り上げる。

「そっちがやる気ならやってやるぞ、こら」

そのようすを確認した右京は、息を整えていつもの自分を取り戻した。乱れたスーツの襟を正し、内ポケットから名刺入れを取り出した。そして、名刺を一枚カウンターの

上に置いた。

「文句がおありでしたら、こちらへどうぞ」

そう言い残して、ひとりでバーから出て行ってしまった。突然の展開についていけていない薫は、怒り冷めやらぬようすの早川をその場に残したまま、上司のあとを追うしかなかった。

バーを出たところで右京に追いついた薫は、

「ちょっとやりすぎじゃないですかね。口はばったい言い方になりますが、人権問題になりかねませんよ」

「覚悟しておいてくださいね」

右京はすでに完全に冷静さを取り戻していた。

「彼になにもやましいところがなければ、われわれを訴えるはずです。しかし、逆に訴えてこないようなら、彼には訴えられないだけの理由があるということです。いずれにしろ彼の出方を待ちましょう」

薫はこのことばの意味を考えた。今晩の立ち回りで、早川はかなり動揺したはずである。ひどく怒ってもいた。潔白ならば当然自分たちを訴えるに違いない。

だが、もし訴えてこないとしたら、早川はなんらかの形で松原殺しにかかわっていると考えられる。あいつが女装して自分を松原のアパートまで誘ったのならば、松原にとどめを刺したのもあいつと考えるのが妥当だろう。これから松原と早川の交友関係を調べなくてはならないだろう。

一方で万が一前者であれば、自分たちは人権侵害で訴えられる上に、松原殺しの真犯人は依然霧の中ということになる。

ぜひ後者であって欲しい、と薫は思った。同時に、右京がいかに型破りな人物かを改めて思い知らされた気分だった。

「ちょっとつついてみるというから、つんつんやるだけだと思っていたら」

「はい？」

「いや、ひとりごとです」

薫の心の中で杉下右京の評価がぐんと上がった。

九

翌日、特命係のふたりは捜査一課を訪れた。部屋に入ったとたん、殺気にも似た緊迫した空気を肌で感じる。一課の刑事たちが敵意を隠そうともせず、ふたりを睨んでいる。だが、薫はもはやそれが気にならなくなっていた。金子の席まで行って、昨夜の発見を伝えた。

「係長、ご報告があります。男でした」

「男？　なんのことだ」

「おれを誘ったのは赤いドレスの女とばかり思っていたのですが、女装した男だった可能性があります」

「なんだって。誰なんだ、その男というのは？」

金子が不快な顔で薫に訊いた。

「早川純弥、三十五歳、バー〈リフレイン〉のマスターです」

「バーのマスターが女装して、きみを誘ったというのか」

「その可能性が高いと思います」

金子は吐き捨てるように、

「あまりに突飛すぎてすぐに信じることはできないな」

「はい、わかっています。まだ証拠はありませんが、くれぐれも送検を急がないほうがよろしいかと思いまして」

薫はあえて周囲の刑事たちにも聞こえるように声を張った。背後で伊丹が歯を食いしばった。

「杉下」金子が立ち上がって薫の上司を呼んだ。「老婆心ながら忠告しておく。余計なことに首を突っ込まないほうがいいぞ。上層部《うえ》は一刻も早くこの事件を終わりにしたがっている」

「内村部長あたりの差し金ですか？　警察の威信を失いたくないのでしょうね。でもぼくは、そう簡単に事件を終わらせるつもりはありません」

「しょうがない男だな、おまえは」

融通の利かない変わり者に金子が苦虫を嚙み潰していると、捜査一課に電話がかかってきた。電話を受けた伊丹の口から「殺し」という単語が漏れ聞こえ、室内に緊張が走る。受話器を置いた伊丹が金子に報告した。

「係長、新宿のバー〈リフレイン〉で殺しがありました」

「〈リフレイン〉だって？」

薫が伊丹に詰め寄った。

「死んだのはまさか、マスターの早川じゃないだろうな？」

「そうだ、早川らしい」

右京の顔色がたちまち蒼くなった。

捜査一課の金子、伊丹らとともに特命係のふたりが立ち入り禁止のテープをくぐって〈リフレイン〉の店内に入ると、第一発見者が待機していた。バーに出入りしている業者の配送担当者である。

この人物は早川からキーを預かっており、毎日午前の決まった時間に店にやってきては、在庫を調べて足りない品を補充していたらしい。きょうも同じようにやってきたところ、ドアに鍵がかかっていなかったので不審に感じたという。そして、店内のカウンターの中で、早川の遺体を発見したのである。

早川は床の上に横たわっていた。すぐ傍らに拳銃が一丁転がっている。遺体のこめかみには銃創が残っており、それが死因であることは一目瞭然だった。

「鑑識の結果が出ないと断定はできないが、これを見る限り自殺のようだな」

顔をしかめながら金子が言った。

「きみたちが脅しをかけるから、このざまだよ」

「くっそぉ」

薫はことばに出して悔しがったが、右京は感情を押し殺すようにして金子を見つめただけだった。

店内を捜索していた捜査員が声をあげた。

「凄いものが出てきましたよ」

なんと物置きから大量の拳銃が見つかったのだった。

押収された拳銃を調べる仕事は特命係のふたりに回ってきた。

「仕事ができてよかったな」

伊丹の皮肉に薫は（おれたちは雑用係じゃない）と内心むっとしたが、早川の死の責任を感じ、なにも言い返せなかった。

「純正ですね」

黙々と拳銃を調べていた右京が刻印されている「ＣＣＣＰ」という文字を確認して断じた。英語ではなく、キリル文字でソビエト連邦を示す表記だった。

「たしかにロシア製ですね」

「純正トカレフには安全装置はありません。危険な銃です。しかしまあ、よくこんなに集めたものです」

右京は一丁手にとって構えてみる。

「出回っているトカレフは主に中国製ですからね」

右京が突然思い出したように、

「阿部貴三郎もたしか純正を保持していましたね」

薫の脳裏に不名誉な失態の場面が浮かんできた。最終的に捕まえはしたものの、一旦は人質となって、テレビカメラを通じて日本全国の茶の間に醜態をさらしてしまったあの事件。元はといえば、あの事件で警察の面目を潰したと責められ、捜査一課から特命係へ左遷されたのだ。

自分の不運を恨みながら拳銃と一緒に発見された手帳をめくっていた薫は、あるページに不思議な記述があるのを見つけた。六桁の手書きの数字が並び、さらに数字のうしろにはアルファベットが記してあるものと、ないものとがある。

「この数字、なんでしょうかね？」

右京は構えていた拳銃に目を寄せると、銃身とグリップの間の数字を読み上げた。

「２０１２８１、この番号はありますか」

「あります。なるほど拳銃のシリアルナンバーか」

「早川は意外と几帳面な人間ですね。自分で商った拳銃の製造番号をきちんとメモしていたようですね」

「アルファベットはなんでしょう。ＫとかＴとかありますが」

「ちょっと待ってください」

なにかを思いついたらしく、右京は自分のデスクの上のコンピュータ端末に、警視庁内のある共有データを呼び出した。

「２００９９８、この番号はどうです？」

「はい、それもあります」

早川の手帳をめくって、薫が答えた。

「末尾のアルファベットは？」

「Ａです」

「いまのはこの前阿部から押収したトカレフの製造番号です。どうやら、Aというのは阿部のイニシャルのAみたいですね」

ふたりはすぐさま拘置所に出向き、阿部と面会した。拳銃の入手ルートについて、最初は口を閉ざしていた阿部だったが、早川が死んだという事実を聞かされると、洗いざらいしゃべる気になったようだった。純正トカレフは〈リフレイン〉の店内で直接早川から購入したという。その際に早川がなにげなく、「おれも頑張らねえと、後ろ盾なくしちまうからな」と漏らした、と阿部は言った。

「読めました。後ろ盾というのは松原のことですね」

阿部との面会から戻った特命係の部屋で、薫が右京に話しかける。自信があるのか、舌が滑らかである。

「拳銃商の早川とチンピラ警官の松原は、持ちつ持たれつの間柄だった。少なくとも阿部が早川からトカレフを買ったときには、ふたりはねんごろの関係だったのでしょう。ところがそのあと、なにかでふたりの間にいさかいが生じたのでしょう。早川は松原を殺し——正確に言えば、小泉綾子が傷を負わせたあと、とどめを刺し——その偽装工作におれを利用した。どうですかね、この推理は?」

「なるほど」

右京はさして感心したふうでもない。深刻そうな表情でコンピュータのディスプレイを眺めている。なんとか風変わりな上司をぎゃふんと言わせたい薫はさらに言い募った。

「いくらチンピラ警官とはいえ、松原も一応は警察官ですから、やつとつながっているだけで、早川も心強かったのではないでしょうか。だから、後ろ盾。もはやふたりともあの世ですから、推測にすぎませんけどね」

努力もむなしく、風変わりな上司は一向に興味を示さないので、薫はしかたなく話題を変えた。

「しかし、早川も早まったものですよね。少しぐらい脅しをかけたからって、自殺するようなタマには見えなかったけどなあ」

突然右京の眼光が鋭くなる。

「自殺だと思いますか？」

「え、違うんですか？」

右京は表情を崩さず、スーツの内ポケットから一枚の書類を取り出した。

「また、解剖所見ですか」

「図を見てください。なにか気づきませんか」

「あれ、早川のやつ、右のこめかみから撃っていますね」

「ええ」

「あいつ左利きじゃないのかな。おれが最初に赤いドレスの女を確認に行ったとき、あいつが左手でライターをつけるのを見たんです」

右京が嬉しそうにうなずいた。

「ぼくもそう思いますよ。早川は逆上したときに左手で空き瓶を振り上げました。あのときは両方の手ともに自由でした。それなのにとっさに左手を使ったということは、そちらが利き腕なんでしょう。トム・コリンズをステアするのも左手でしたしね」

「左利きのやつが自殺しようというときに、わざわざ右手に拳銃を持ち替えて撃ちますかね」

「撃ちづらいと思いますよ」

「ということは、どういうことですか?」

半ば答えを予期しながら、薫が質問した。

「自殺ではない可能性がある、ということです」

予想どおりの答えが上司の口から返ってきた。

「自殺じゃないということは、他殺ですよね。あの状況で事故は考えにくいですから。しかし、他殺だとすると、いったい誰が?」

右京が薫の目を見つめた。

「早川の言う後ろ盾でしょうね。松原なんかよりずっと強力な後ろ盾です」

深刻な表情を崩さずそう述べる上司の顔を見た瞬間、事件の背後には大きな力が働いていることを薫は知った。

「誰なんですか、それは？」

「確かめに行きましょう」

「どこへ？」

「捜査一課へ。金子警部ならご存じのはずです」

十

特命係のふたりは捜査一課を訪れた。しかし、金子の机は空席だった。在席していた伊丹に右京が質問した。

「金子警部はどちらですか？」

「あれ、おかしいな。係長ならさっき、そっちへ行くと言って出て行ったはずですよ」

伊丹の答えは嫌味たっぷりだったが、右京はそれを感じもしなかった。嫌な予感が頭を占めていたのである。

「まずいですね。手分けして捜しましょう！」

右京の切迫した声は、薫に有無を言わせなかった。薫は捜査一課の部屋を飛び出し、廊下を走った。次々にトイレや物置をのぞいていく。階を移動して会議室や空き部屋を開けては中を見渡すが、金子の姿はない。次第に胸中に不安の影が兆しはじめる。別の階でも、さらに別の階でも同じことを繰り返す。しかしどこにも見当たらない。ついに地下駐車場まで降りてきたときには、体力自慢の薫でさえ息が切れていた。

（ここにもいないか……）

がらんとした地下スペースを眺め渡した薫が、そう判断した瞬間、携帯電話が鳴った。上の階を捜しに行った右京からの着信だった。

「屋上です。すぐ来てください」

要請に応えて薫が屋上にたどり着いたとき、空は薄雲で覆われていた。満ちかけた月が雲間から淡い光を投げかけている。目を凝らすと、右京が金子に向かって直立不動の姿勢からきっちり三〇度の角度でお辞儀をしているのが見えた。

薫がそばに駆け寄ると、右京が単刀直入に質問を切り出した。

「早川には後ろ盾がいたそうなんですが、金子警部はご存じではありませんか？」

金子は面食らったような顔をして、

「なぜ、おれが知っていなきゃならんのだね？」

「警部は長く銃器摘発の鬼として輝かしい成果を上げてこられました。そのお方なら、拳銃の入手ルートにもお詳しいかと」

「うむ、そういうことか。しかしおれが一線でばりばりやっていたのはもう過去の話だからな。ま、おかげでこうやって警部にまでのぼりつめることができたわけだが」

「心当たりはありませんか？」

「そうだな、斎藤などは可能性があるかもしれんな」

金子がひとりの名前を口に出すと、薫がすぐに飛びついた。

「憂志会の組長の斎藤ですか。たしかに、憂志会をバックにつけりゃ、早川も安心だったかもしれませんね」

右京は薫の発言には耳を貸そうとしなかった。先輩をじっと見据えたまま、悲しい表情になった。

「金子警部、もうやめませんか」

薫は上司のことばの意味を理解できなかった。しかし、それを訊けるような雰囲気ではない。自分以外のふたりの間では通じているらしいと悟り、黙って続きを見守ることにした。

しばらく、沈黙の時間があった。生ぬるい風が屋上を渡り、三人の頬をなでた。地上を行き交う車のライトがどこか遠い世界のできごとのように見える。むしろ空に浮かぶ冷たい月のほうが現実感を帯びて、迫ってくる気がする。

「惜しいな」

ついに金子が沈黙を破った。

「え？」

右京は虚をつかれたようだった。

「おまえがもう少し器用ならば、相当上を狙えるはずなのに」

「買いかぶりです」

金子が突然、厳しい顔つきになった。

「もう、わかっているんだな」

右京は神妙な顔つきで答えた。

「わかっているつもりです。後ろ盾は金子警部、あなたなのですね」

唐突に耳にしたことばが、あまりにも予想していない内容だったので、薫は信じられなかった。しかし、次の金子の発言は右京の指摘を認めるものであった。

「どうして気づいたんだ？」

「現場での警部のひと言からです」

現場というのは、早川が死んでいたバー〈リフレイン〉のことだろう。薫は金子のことばを思い出そうとした。第一声はたしか、「鑑識の結果が出ないと断定はできないが、これを見る限り自殺のようだな」だったはずだ。

「きみたちが脅しをかけるから、このざまだよ——あのとき、警部はそうおっしゃいました。われわれが早川に脅しをかけたことをどうして警部はご存じだったのでしょうか。

早川が女装趣味かもしれないこと、それを利用して亀山くんを殺人現場に誘い込んだ可能性があることはご報告しました」

ようやく右京の言わんとしていることを悟った薫が続ける。

「そっか、早川に脅しをかけたことは報告していません。係長がそれをご存じだったということは……」

「早川本人からお聞きになったとしか考えられないんですよ」

断定した右京の声が少し震えていた。金子はずっと目をかけてきた後輩から目をそらし、足元を見つめている。

「自殺に見せかけて早川を殺したのも、警部、あなたですね」

金子は黙って視線を下ろしたままであった。

「早川は左利きだった可能性が濃厚です。それなのに弾の射入口は右のこめかみにありました。自殺だとは思えません」

「そうか、左利きだったか、早川は……つまらないミスをしたもんだ」

金子は自嘲するように笑い、罪を認めた。

「金子警部がこれまで摘発されてきた拳銃には、数多くの純正トカレフが含まれていました」

「それも調べたのか。さすがに早いな」

右京は悲しい顔で告発を続ける。

「摘発された純正トカレフのシリアルナンバーは早川の手帳に記されてあった数字と一致しました。それらは末尾にKと書いてありました。金子のKだと思います」

「そこまでばれていてはしかたがないな。銃器摘発の鬼なんて言われていても、実際は八百長だったのさ。やつの闇商売を黙認してやるだけの拳銃を早川から提供してもらっていたんだ。そのできたわけさ。学歴もなにもないおれにはそうするしかなかった。そうやってやっとここまさ捜査一課に移り、警部の地位と係長の椅子を手に入れた」

金子は一旦ことばを切り、舌打ちした。

「それをあの不良警官が」

「松原ですね」

金子はうなずき、

「あのちゃらちゃらした不良警官が、どこから嗅ぎつけたのか知らないが、おれをゆすりはじめた。『こづかいさえちょこちょこもらえれば、口は堅いんで安心してください』なんてぬかしやがった。悪党の上前をはねていた、たいした悪党だよ」

一連の事件の構図がようやく読めた薫が、悲痛な顔で確認する。

「あの晩、松原にとどめを刺したのも係長なんですか？」

「ああ。だが、初めから殺すつもりで行ったんじゃない。こづかいを渡しに行ったんだ。部屋に入ると、テーブルの上に一万円札が散乱し、床には血まみれの果物ナイフが転がっていた。松原はまだ生きていたが、身動きができず、助けを呼べる状態ではなかった。放っておいても出血多量でお陀仏だったかもしれないが、確実に息の根を止めたほうがいいと思った」

淡々と語っていた金子の表情が変わった。こみ上げてくる激しい感情を押し殺すように歯を食いしばった。

「というよりも、憎いあいつをこの手で殺したい気持ちが突如湧き上がってきた。ナイフを拾って、心臓をひと突きしたんだ！」

「そのあとで、早川に援助を求めたわけですね？」

金子の表情が再び元に戻った。自嘲の混じった語り口で自供を続ける。

「松原の部屋には痕跡を残してはいないはずだったが、部屋に入る前にはまさかそんなことになろうとは思っていなかったから、アパートの誰かに姿を見られている可能性があった。それが少し不安だった。とりあえず気を静めるために〈リフレイン〉に飲みに行ったのさ。犯行を打ち明けると、早川が心配してくれた。だが、まさかそのあとおれの身代わりに見立てた男を部屋に連れ込むなんて考えてもいなかった。それもよりによってきみだなんてね。皮肉なめぐり合わせに愕然としたよ」

自分が巻き込まれた運命のいたずらを、薫は笑うことができなかった。

右京はあくまで冷静に、申し出た。

「小泉綾子を傷害罪に切り替えて、送検していただけますね」

「ああ、彼女には気の毒なことをしたよ」

「気の毒？」

金子のことば遣いが薫の逆鱗に触れた。

「そんな簡単な問題じゃないでしょう！」

「しかし、松原が死んでいる以上、誰かが送検される必要があったんだ。いつだってね、貧乏くじを引くのは弱い人間なんだよ」

このひと言で薫の堪忍袋の緒が切れた。巡査部長という地位をわきまえずに、金子の胸倉をつかみ、引き寄せた。

「あんた、あんた、それでも警察官かよ！」

「警察官だよ」

「なに？」

「腐った警察官、なんだよっ！」

金子が開き直って吐いた台詞は薫をさらに激怒させた。無意識に手が出そうになる。

その瞬間、右京が割って入った。そして、薫を金子から引き離す。薫の目尻には涙が浮かんでいた。

「おれも警察官だ。この期におよんで見苦しいまねはしないさ。みずから罪を名乗り出るよ」

右京は礼をして、「そうしてください」と言った。そのことばには心がこもっていた。

ふたりの刑事を一瞥した金子がおもむろに立ち去ろうとすると、右京が静かに声をかけた。

「その前に、拳銃はお預かりします」

金子の動きが止まった。一瞬沈黙があり、風が遠くからパトカーのサイレンの音を運んできた。

しまった、という顔で振り返った金子は、取り繕うように語気を荒げて、

「なにを言っているんだっ！」

「早川から金子警部に渡ったはずの拳銃、つまり手帳の末尾にKと記してあった拳銃のうちの一丁だけが摘発されていません。その一丁をいまここでお預かりします」

金子の表情から張りつめていたものが落ちた。突然十歳も歳をとったような老いた顔が出現した。

「……い、行かせてくれないか」

右京が口を真一文字に結び、首を横に振った。こみ上げてくる悲しみを必死に食い止

めているのが薫にも伝わる。

「だめです」

「武士の情けじゃないか」

金子が後輩に頭を下げた。この瞬間、右京が豹変した。高ぶった感情を臆面もなく、爆発させたのである。

「死にに行かせるわけには、いきませんっ！」

右京の声は本人ですら制御できずに震えていた。先輩の願いを一蹴したことばにこもった気持ちは、ふだんの右京からは考えられないほど熱かった。

うなだれていた薫は思わず顔を上げた。金子を思う右京の気持ちから目をそらしてはいけない。そう感じたのである。

「頼む、頼むよ、杉下！」

金子が涙声で懸命に訴えた。コンクリートの床にしゃがみ込み、土下座をした。

右京の目尻が月の光でわずかに輝いた。なにかを振り切るかのように首を大きく横に振ると、ぴんと姿勢を正す。

そして、はっきりと宣言した。

「杉下右京個人なら、目をつぶります。このまま行かせます。生き恥をさらす先輩を見るのはつらいです。しかし、ぼくは刑事です。ですから、あなたを行かせるわけにはいきません。あなたが自分の手で自分の罪を裁くのを見過ごすわけにはいきません」

右京のことばは重かった。金子の心をゆさぶった。薫はふたりのやりとりにいっさい口をはさむことができなかった。

金子は内ポケットからトカレフを取り出すと、すべてをあきらめた表情で右京へ渡した。右京は指紋をつけないように胸のポケットチーフを広げ、おしいただくように拳銃を受け取った。そして、「申し訳ありません」と、深々と頭を下げた。

「すまなかった」

ぽつんと金子が呟いた。

再び風が吹いてきて、薫の目尻にたまった涙を揺らした。

十一

事件は解決したが、薫の気持ちは沈んでいた。事件の衝撃が頭から去らない。陰鬱な気分のまま帰宅し、マンションのドアを開けると、見覚えのあるパンプスが玄関にそろえて置いてあるのに気づいた。

(帰ってきたのか)

少しだけ心が晴れる。パンプスの持ち主が玄関に顔を出した。

「元気出せ」

美和子のいつもの優しいひと言が胸にしみた。薫は無言のまま奥の部屋に行き、ゆったりとソファに腰を下ろして、深く息を吐いた。

そのようすを眺めていた美和子が、

「電話があったよ」

「あの人から？」

美和子はうなずき、薫の隣に座った。

「薫ちゃんはちょっと打ちのめされているから、優しくしてあげなさい、だって」

薫は大きくため息を吐いた。

「余計なお世話だよ」

「本当だよね」と、美和子が笑う。

「で？」

寂しげな目で薫が訴える。

「ん？」

美和子がソファの上で薫との距離を縮めた。そして、思いやりのこもった視線を返す。

「どう優しくしてくれるんだよ？」

「どう優しくして欲しい？」

「どうって……そんなこと言えないよ」

「すけべ」

美和子のことばに非難の色は混じっていない。

「なにが？」

薫が訊くと、美和子は視線を薫の股間へ向けた。

「でしょ？」

「おまえこそ、すけべ」

薫が言い返したのがきっかけとなり、美和子が薫の首に手を回した。ふたりはそのままソファへ倒れ込んでいく。夜はまだ、ふたりが十分に楽しめるくらい長く長く残っていた。


亀山薫は慌てふためいていた。

この前書いた辞職願を誰にも知られないうちに処分しようと思ったのに、机のどこにも見つからないのだ。引き出しをひっくり返していると、杉下右京が出勤してきた。

「おはようございます。なにか捜しものですか」

「いや、まあ」

薫が言いよどんでいると、右京がなにか思いついたようだった。

「ひょっとして、辞職願じゃありませんか。それならばもうありませんよ」

薫は胸をなで下ろし、

「ああ、そうですか。よかった。私、亀山薫、思うところありまして、もう少し刑事を続けようかと思います。精いっぱい頑張りますので、よろしくお願いします」

紅茶をいれようとしていた右京が怪訝そうに振り返った。

「なにか誤解されているようですけど」

「え？」

「辞職願はもう部長に渡しました。ひょっとするともうその上まで行っているかもしれません。撤回するなら早く追いかけたほうがいいかもしれませんよ」

「冗談でしょう？　ふつうの上司なら、辞めようとする部下を止めるものでしょう？」

「急いだほうがいいですよ。その上の上まで行っているかもしれませんからね」

脱兎の勢いで部屋から出て行った薫の後姿を見送ると、右京はいつものように紅茶をいれた。満ち足りた気分でひと口すると、隠し持っていた辞職願を内ポケットから取り出す。

「まだまだ、甘いですね」

そう独白しながら、封筒ごとまっぷたつに破いたのだった。

第二話
「華麗なる殺人鬼」

一

亀山薫は暇をもてあましていた。

命じられたらなんでもやるのが特命係の仕事であると重々承知はしているが、なにも命じられないのではどうしようもない。刑事部のほうはさぞ忙しいに違いない。なにしろ、女性ばかりを狙った連続殺人事件が世間を騒がせている最中なのである。

昨夜はふたりの女性が殺人鬼の餌食になったという。これで犠牲者は四人。新聞やテレビがはでに取り上げるので、庶民の生活にも混乱が生じはじめている。早く解決しないと、警視庁の面目は丸潰れである。上層部はきっと気を揉んでいることだろう。人手が足りないなら、自分にも声をかけてくれればいいのに。捜査一課で鳴らした腕はまだすたれちゃいない。

薫がそんなことを考えながらマッチ棒の塔を慎重に組み上げていると、「暇か?」と言いながら部屋に入ってきた男がいた。薬物対策課の課長、角田《かくた》六郎である。同じ生活安全部のよしみで、気軽に特命係の部屋にも顔を出すのである。

「見てのとおりですよ」

薫がマッチ棒の塔を示すと、角田は感心した。

「忙しそうじゃないか」

「は？」

「どこまで積み上げるつもりだ、それ？」

「なにか文句でもありますか。文句があるなら、仕事をくださいよ」

「そうそう、ちょっと頼みたいことがあってよ」

「どんな仕事でしょうか？」

紅茶を飲みながら、机上のパソコン画面をぼんやり眺めていた特命係係長の杉下右京が尋ねた。

「シャブの売人の張り込みなんだけど、やってくれるか？」

右京が答える前に、薫が声を張り上げた。

「喜んで！」


亀山薫はまたしても暇をもてあましていた。

角田に頼まれた張り込みを開始してひと月以上になるのに、ターゲットの売人、菅原謙次は姿を現わす気配もない。そもそも見込みの薄い張り込みである。薫たちが見張っているのは、菅原の愛人の住むマンションであった。逃亡中の売人が立ち寄る可能性があるからと、向かいに立つパークマンションの住民に事情を説明し、その一室から愛人の部屋をのぞいていた。角田の言うように、菅原が愛人宅に立ち寄る可能性はあるだろう。ただ、愛人が十人もいるのであれば、その確率は低いと言わざるを得ない。飽きずに双眼鏡を構えている右京はつくづく辛抱強いと思う。

辛抱強い上司に薫が話しかけた。

「現われますかね、ここに」

「さあ、どうでしょうか？」

「十人いる愛人のひとりなんでしょう。ここに現われる確率も十分の一ってことじゃないですか」

「それは菅原が必ず愛人のもとに現われると考えた場合の確率でしょう。すでに高飛びしている可能性も考慮すると、確率はもっと下がりますよ」

右京の説明を聞き、ますます気落ちした薫は、

「もうひと月以上も経つんですから、あきらめたほうがいいんじゃないでしょうか」

「違いますね。ひと月だろうがふた月だろうが、ジッと待つのが張り込みです」

何度繰り返したかわからない受け答えをふたりがしていると、突然部屋のドアが開き、髪を茶色に染めた女子高生が顔をのぞかせた。

「ようすはどう？　犯人は現われた？」

右京が苦笑しつつ、「いいえ」と答えた。

女子高生の名は今宮典子。張り込みのために使用させてもらっている部屋の家主のひとり娘であった。

「なんかわくわくしちゃう」

ひとりで盛り上がっている典子に、薫が釘を刺した。

「悪いけど邪魔しないでくれるかな。いま仕事中ですから」

「邪魔なんかしてないもん。それに、ここはあたしの部屋だよ」

「はいはい、ご協力には感謝します」

薫は作り笑顔を浮かべると、典子を部屋から追い出した。振り返ると、窓際の右京が手招きをしている。右京が双眼鏡を向けているあたりに目をやると、夜道を男がひとり、肩をすぼめるようにして歩いているのが見えた。男はそのまま向かいのマンションへと入っていった。

「菅原ですか？」

「似ていますね。もう少しようすを見ましょう」

にわかに緊張感が増す。ふたりが愛人の部屋をじっと見つめていると、背後から能天気な声が聞こえてきた。

「ピストル？……どうかなあ、見せてくれるかなあ……頼んでみようか」

不審に思った薫がドアを手前に引くと、背中をもたれかけて携帯で電話していた典子が、よろめきながら部屋に入ってきた。

「なにやってんだよ」

「友だちと電話してんだけど……ねえ、ピストル見せてくれない？　チラッとでいいから」

「見せられるわけないだろう。おもちゃじゃないんだから」

「おもちゃじゃないから見たいんじゃない」

「ダーメ、ダメなものはダメ」

「亀山くん、ビンゴです！」

典子と言い争いをしている薫を右京が呼んだ。薫は窓辺に駆け寄り、手渡された双眼鏡をのぞいた。愛人の部屋のベランダに出て、下を見渡しているのは、たしかに菅原に間違いなかった。

「下で待機しています」

薫はそう言うと、「すごい、犯人が現われたみたい」と電話している典子の頭を指先でこづいて、部屋を飛び出した。

パークマンション前の道路から愛人の部屋を見上げる。ベランダにはもう菅原の姿はない。安心して、しばらくは愛人といちゃついているに違いない。薫は角田に電話をいれ、応援を要請した。あとは応援部隊を待つだけである。ひと息つこうと、煙草に火をつけた薫の耳に、数台のバイクの音が飛び込んできた。マフラーを切ってあるのか、甲高く耳障りな爆音が徐々に近づいてくる。とてつもなく嫌な予感がした。

こういうときの勘は当たるものである。四、五台の原チャリに乗った女子高生たちが、クラクションを鳴らしながらパークマンションの入口に集結した。

「テンコー、遊びに行こうぜ」「降りて来いよーっ」「犯人ってどこにいるんだよ」

少女たちは今宮典子の友だちのようだ。それにしても、間の悪いときに集まってきたものだ。薫は慌てて少女たちを制止したが、多勢に無勢でらちが明かない。

今宮家の部屋で右京が舌打ちしていると、向かいのマンションの愛人宅から、騒ぎに驚いた菅原が顔を出した。その目が右京と合った。

(しまった。気づかれた)

右京は一目散に部屋を飛び出した。下の道路では、薫がまだ少女たちともみ合っていた。

「亀山くん、菅原に気づかれたようです。すぐに追いかけましょう」

「コギャルども、あとでこってり絞ってやるからな」

薫はそう言い残すと、右京のあとを追った。ちょうど向かいのマンションから菅原が走り出してきたところである。菅原は右京を二十メートルほど引き離して、マンションの隣の雑木林のほうへ逃げていく。

全速力での追跡は四十歳を過ぎた身には辛い。腿に乳酸がたまり、肺が悲鳴をあげる。右京が追跡ももはやここまでかと悲観的な思いにとらわれていると、菅原が雑木林の中に飛び込んだ。

（しめた！）

菅原もかなり疲れているらしい。林に逃げ込んで追っ手をやり過ごそうと考えたようだ。二十メートル遅れで雑木林に突入した右京は、地面に尻餅をついた菅原を見て、一瞬なにが起こったかわからなかった。

（菅原の前に倒れている女性は誰？）

女性の首筋はざっくりと割れ、血が流れ出している。菅原は女性の死体につまずいて転んだらしいと、右京の大脳がようやく認識したとき、すごい勢いで突進してきた薫がまともに背中にぶつかったのだった。

二

はからずも遺体の発見者となってしまった右京と薫は、雑木林の現場を検《あらた》めている捜査一課の刑事や鑑識課の捜査員たちの動きを漠然と眺めていた。

菅原の身柄はすでに角田に渡してある。薫も捜査に加わりたかったが、捜査一課の刑事、伊丹憲一あたりから、煙たがられるのはわかりきっている。お役ご免となったいまは、引き上げるのが無難だろう。

「帰りましょうか」右京に声をかけつつも、まだ事件に未練が残っていた。「五人目なんでしょうかね、あの死体」

「おそらくそうでしょう。五人目の犠牲者が出るとしたらきょうですから」

右京のことばが飲み込めず、意味を尋ねようとした薫の肩を叩く者がいた。振り返ると犬猿の仲の伊丹である。

「おい、特命係の亀山」

「いちいち、特命係って言うんじゃねえよ。なんの用だ。捜査一課だけじゃ手に余るんで、助けてもらいたいのか？」

「バカ言うな。検事さんが、第一発見者のおまえらに話を訊きたいとさ」

伊丹の背後から男性と女性が姿を現わした。仕立てのよいスーツの上に上等そうなコートを羽織った男性が、前に出る。眼光の鋭い、見るからに頭の回転の速そうなその検事は、薫のよく知る人物だった。

「あれ、浅倉じゃないか」

薫が声をあげると、名前を呼ばれた男は、「亀山か、驚いたな」と相好を崩した。

「お知り合いですか？」

伊丹がびっくりしたように、浅倉検事に確認した。浅倉がうなずくと、今度は薫に対して、「どういう知り合いだよ」と迫った。捜査一課の刑事も頭の上がらない東京地検の検事と薫が通じていることが、解せないようすである。

「おまえには関係ないだろ」

薫は一蹴すると、浅倉との再会を喜び合った。ふたりは大学時代からの友人だったのだ。

「さっそくだが、遺体発見時のようすを教えてもらいたいんだ」

浅倉が求めると、薫は右京の手を取って前に引っ張り出した。

「それならばおれよりもこちらのほうが適任だ。おれの上司の……」

薫が紹介しようとするのを制し、右京が一礼しながら名乗る。

「杉下です」

「わたしは東京地検の浅倉と申します。こちらは検察事務官の市村くん、わたしの補佐をしてくれています」

浅倉が隣の女性を紹介した。そのいかにも賢そうな女性は、「市村麻衣子と申します」と控えめにお辞儀をした。

「では、遺体発見時の話をおうかがいしてもよろしいでしょうか」

右京は乞われるままに浅倉の質問に答えていった。その間も、視線は麻衣子の足元に釘付けだった。シックな装いの麻衣子は、検事より一足先に停めてあった赤い車のそばに近寄り、パンプスを脱いで、スニーカーに履き替えた。それが右京の目を引いた。全体の服装のコーディネイトから考えて、白いスニーカーは妙に浮いているように右京には思えたのだった。

右京の怪訝そうな視線に気づいた薫も麻衣子の行動に注目した。スニーカーに履き替えた麻衣子は車の運転席のシートの下に、パンプスをしまっていた。

これを見た薫は麻衣子の行動の意味を察した。どうやらこれから車の運転をするので、スニーカーのほうが楽なのだろう。振り返ると、右京も納得顔である。過度に詮索好きなこの上司も同じ結論に達したようだった。

翌日、警視庁の大講堂の入口には、「連続婦女殺人事件合同捜査本部」と墨書きされた紙が張り出された。捜査一課の刑事や所轄署の刑事たちに向かい合う形で、内村警視長と中園警視正が座っていた。浅倉検事と市村麻衣子もお偉方と並んで、捜査員たちに睨みを利かせていた。

ホワイトボードには、これまでの被害者の写真が順に貼られていた。別のホワイトボードには、前夜の遺体発見現場である雑木林の見取り図が描かれている。伊丹はおもむろに立ち上がると、説明を開始した。

「ガイシャの身許がわかりました。名前は中村江美子、年齢は二十六歳、丸坂デパートの紳士服売り場に勤務していたようです。どこか別の場所で殺害されて、発見現場に捨てられたものと思われます」

　捜査員たちが必死にメモを取る中、刑事部長の内村が質問を放つ。

「五人目なのかね」

「殺しの手口から見て、おそらく間違いないかと」

「約三か月の間に五人か……」

　内村の片腕である参事官の中園の言わずもがなの発言で、一気に場のムードが重苦しくなった。

「なにか手がかりになるようなものは、今回も発見できなかったのか」

　責めるような内村の質問に、伊丹の背筋がぴんと伸びる。

「申し訳ありません。いまのところは見つかっておりません」

「初動捜査になにか問題があるんじゃないのか」

　刑事部長の叱責を受け、伊丹はただ唇を噛みしめるだけだった。

「ガイシャに接点は？」と、中園。

　伊丹は渋面を崩さないまま、ホワイトボードの写真を指し示した。

「いえ、なにも。殺された順にもう一度整理します。最初が国枝悦子、二十三歳、彼女は商社勤務のＯＬです。二番目が若松陽子、三十三歳、彼女は主婦。三番目と四番目は同じ日に殺されたわけですが、鈴木美加、二十五歳の薬剤師と、柴田早苗、三十二歳の主婦でした。そして今回の中村江美子。年齢も仕事も住んでいる場所もまったくばらばらで、有望な接点は見つかっていません」

伊丹と同様、捜査一課の刑事である三浦が挙手をして立ち上がった。

「遺体を捨てた場所も無作為と思われます。しいて言えば、あまり人目につかない場所、河川敷や林の中といったところを選んでいるようですが」

上目遣いで述べられたことばは、内村の憤りを増しただけだった。

「他になにかましな報告はないのか」

沈黙が部屋を支配した。目を伏せる捜査員をなめ回すように見渡して、浅倉が発言した。

「天下の警視庁の皆さん、あなた方はいったい、何人殺されれば気が済むんでしょうか」

あまりに尊大な物言いに、捜査員たちに緊張が走った。内村と中園も憮然として顔を見合わせるしかなかった。

検事が立ち上がると、部屋の空気が凍りついた。浅倉は麻衣子を従えて、捜査本部から退席した。

三

同じ頃、特命係の部屋では薫がなにか思い出したようだった。

「そういえば、きのう妙なことを口走っていましたよね」

右京はパソコンに向かったまま、振り向きもせず、

「ぼくがですか？」

「ええ、たしか、五人目の犠牲者が出るとしたらきょうだ、とか」

「ああ、そのことですか」

「あれ、どういう意味だったんですか？」

ここで右京はディスプレイから目を離し、薫と向き合った。

「きみは切り裂きジャック事件を知っていますか？」

「名前くらいはなんとなく……」

「一八八八年、ビクトリア朝時代のロンドンで起こった有名な通り魔殺人事件です。八月三十一日から十一月九日までの間に五件の殺人が起こりました。その殺人の起こった日が、今回の事件と一致するんですよ」

「えっ」

さも驚いたような声を出したものの、薫はまだことの重大さを認識していない。それ

を見抜いた右京は、壁に掛かっているカレンダーに印をつけながら、説明を続けた。

「最初の犠牲者が出たのが八月三十一日です。続いて九月八日にふたり目の犠牲者が出ました。それから九月三十日、この日はふたり殺されましたね。覚えていますか?」

背筋を伸ばし、とりすました態度の右京は、どこか大学教授のように見えた。

「ええ、もちろん」

「そしてきのう、また殺されました」

「ロンドンの切り裂きジャック事件とまったく一緒なんですか?」

薫の質問に右京は軽くうなずき、

「見事に一致しています。実は九月三十日にふたりの犠牲者が出たときに引っかかりましてね、ちょっと調べてみたら予想どおりでした」

「切り裂きジャックの模倣犯ということですか」

「そう思えます。そして、切り裂きジャックを真似るからには、そこになんらかのメッセージが含まれていると考えられます」

「メッセージ……ですか?」

模倣犯のメッセージとはなんだろう。薫が頭をひねっていると、紺色の作業服のような制服を身につけた、ひと目で鑑識課員とわかる男が入口に現われた。丸顔で坊ちゃん刈り、黒縁眼鏡の向こうには人懐っこそうな目がのぞいている。

「失礼します。特命係というのはこちらですか？」

明るいあいさつに、薫が「そうだよ」と答えると、男は、鑑識課の米沢と名乗った。

「なにか用かな？」

「おふたりの靴、きのうから履き替えていらっしゃいませんか？」

「ああ、いつも同じだよ」

薫が気軽に応じると、右京は右足の靴ひもを丁寧にほどきながら、

「下足痕《げそこん》ですね。ぼくもきのうと同じ靴ですよ」

米沢は、右京から靴を受け取ると、持ってきた薄っぺらいアタッシェケースのようなものを開いた。靴底のもようを転写するための道具――巨大なスタンプ台のようなものと写し取る紙――が現われた。

人のよさそうな鑑識員は右京の靴を塗料に圧しつけながら、

「ご協力ありがとうございます。現場にはおふたりの足跡と、シャブの売人の足跡があるはずですから、それを確認して除外します」

塗料のついた靴底を紙に載せて力を加えると、きれいなもようが浮かび上がった。米沢は軽く会釈しながら、右京に靴を返した。

続いて薫の靴のもようを転写している米沢に右京が訊いた。

「気になる下足痕はありましたか？」

「大きいのや小さいの、いろいろ採れました。でもまあ、あのあたりは昼間子どもが入って遊びますからね」

ふたりの下足痕を手に入れた米沢はほくほく顔で部屋を出て行った。ふだんは閑散としている特命係だが、この日は珍しく来客が続いた。しばらくすると今度は検事の浅倉がやってきたのである。

「ちょっと寄らせてもらうよ」

浅倉は浮かない顔をしている。昨夜のように眼光が鋭くはなく、肩を落として両手をズボンのポケットに突っ込んでいる。

「どうしたんだ。今回の連続婦女殺人事件の陣頭指揮を執っているんだろ」

薫が気遣うようにことばをかけると、浅倉は思いっきりぼやいた。

「ああ、捜査会議から抜けてきたところだ。捜査一課は話にならんよ。五人も殺されたというのに手がかりひとつつかめていないらしい」

ふたりの会話を右京は好物の紅茶をすすりながら興味深そうに聞いていた。薫は改めて上司に浅倉を引き合わせた。

「ゆうべ現場で紹介しましたが、検事の浅倉です。こいつとは大学時代の同期で、同じ法学部だったんです」

右京が思わず紅茶を噴き出した。

「きみは法学部だったんですか」

「いけませんか」

右京はハンカチーフで机に飛び散った紅茶を拭きながら、「いいえ、ちょっと驚いただけです」

「亀山は野球をやっていたんですよ」と、浅倉。「スポーツ特待生ってわけです」

「なるほど、納得しました」

「こいつとは寮も一緒だったんです」薫はばつの悪さを隠すように右京にそう言うと、今度は浅倉に向かって、「捜査会議は手づまりという話だが、こちらは面白いことにお気づきになったんだぞ」

「ほお、どんなことですか?」

浅倉が関心を示すと、右京は恐縮した。

「いや、なに、ちょっとした思いつきですが、今回の連続殺人はロンドンの切り裂きジャックの模倣をしているんじゃないか、と思いまして」

検事がなおも興味を抱いたので、今度は薫が事件発生日の奇妙な一致について説明し、最後に「切り裂きジャックを真似るということは、そこになんらかのメッセージがあると考えられる」と、さも自分の意見のようにまとめた。

浅倉が食いつく。

「メッセージってどんな？」

「いや、そこまではまだわからないんだけどよ」

同窓生のやりとりを聞いていた右京は、紅茶を飲み終えると、

「ぼくはちょっと出かけます。ごゆっくりどうぞ」

そう言い置いて、部屋を出て行った。その背中を見送った浅倉が感慨をこめた口調で語る。

「杉下右京か……」

「愛想ねえだろ」

薫が同意を誘うが、浅倉はそれを無視して、

「相当の切れ者だそうだな」

「切れ者であることは間違いないが、それ以上に変わり者だよ」

「杉下右京は人材の墓場、下に就いた者はことごとく警視庁を去る――そういう噂もあるそうじゃないか。大丈夫なのか？」

「おれ？」薫は自分を指差し、「おれなら大丈夫。変人の扱いには長けてるからね。それよりもさ、久しぶりの再会だ、どうだ、今晩おれのマンションに遊びに来ないか。美和子もいるぞ」

「美和子か、懐かしいな。おまえたちいまも付き合っているのか。ぜひ、遊びに行かせ

てもらうよ」

その夜、世田谷にある薫のマンションでささやかな酒宴が開かれた。参加者は、亀山薫と浅倉禄郎、それに奥寺美和子の三人。三人は大学時代の友人同士であり、お互いに男女を超えた友情で結ばれていた。薫の部屋でひとしきり昔話に花を咲かせたあと、三人はマンションの屋上に場を移して、めいめいワイングラスを手に酒宴の続きを楽しんでいた。

「思い出すな。よくこうして寮の屋上で夜空を眺めてた」

天を仰ぐ美和子の横顔に、薫が笑いかけた。

「おまえ、しょっちゅう女人禁制のおれらの寮に忍び込んできたもんな」

「ひどい。あんたたちが引っぱり込んだんでしょ」

「よく間違いが起こらなかったもんだ」と、浅倉。

「起こったわよ。それ以来、薫ちゃんと腐れ縁だもん」

美和子が薫にもたれかかる。

「そりゃ、こっちの台詞だよ」

「なるほど。おまえたち結婚は？　どうして籍を入れない？」

話題に反して浅倉の口調に一抹の寂しさを感じた薫が、友の肩に手を置く。

「ようぜ、結婚の話は」

美和子が立ち上がり、屋上でひとり踊りはじめた。軽く酔いにまかせて、昔習っていたバレエのステップを踏んでいる。

浅倉は、よどみのない美和子の動きを見ながら、首を横に振った。

「おれのことなら気にするな。もう七年も昔のことだ」

「あの頃おまえは札幌地検だっけ。気の毒だったな。いま、いい女性《ひと》はいないのか？」

冷たい秋風が屋上を渡り、一心に舞う美和子の髪がなびく。気持ちよさそうに跳び、回り、手を広げ、足を曲げる。その姿は、束縛も挫折もなかった大学時代を、ふたりの男に少し感傷を伴って思い出させた。

「あのとき、一生分の愛情を使いきってしまったのかな」

浅倉は手にしたグラスの赤ワインをぐっと飲み干した。

「そうか……」

「結婚を約束した女が交通事故で死んだだけの話だ。この程度の不幸は世の中ザラにある」

薫は親友の遠くを見るような表情がいたたまれなくなった。

「おれはいつだって結婚してもいいと思っている」薫が自分を奮い立たせた。「だけど、美和子はいまの仕事にやりがいを感じているみたいだ」

「帝都新聞の社会部だったよな」

「ああ。だからもうちょっとお預けだな」

男たちの話題が自分に向けられていると気づいたのか、美和子はダンスをやめてふたりの元へ戻ってきた。酔いの回った目でそれを見ていた浅倉が、西の空の星座をとらえた。

「おい、見ろよ、ノーザン・クロス、白鳥座の北十字だ。クリスマスの夜には、地平線にあの十字架が立つ」

美和子もその六つの星の配列を見つけ、

「あれって、キリストが生まれた時代には真っすぐ立っていたんだってね」

「ああ、いまはちょっと傾いているけどな。なあ、みんな懺悔しないか？」

浅倉が唐突に提案した。薫も美和子も呆気に取られて顔を見合わせる。

「地平線に直立する大きな十字架、あの北十字に向かって懺悔するんだよ」

薫は大げさな浅倉の口ぶりに戸惑いながら、

「別に懺悔することなんかねえしなあ。おまえはあるのか？」

「おれは人を殺してきた」

妙に深刻めいた友の告白に薫が絶句していると、浅倉は悲しそうな笑みを浮かべた。

「検察官として各地を赴任している間に、何人か絞首台に送ってきた」

「なんだ、そういうことかよ」

「人間なんて罪深い生き物だ。そう思わないか？」

なおも真顔で迫ってくる旧友の質問の重さに耐え切れず、美和子は冗談で対抗した。

「浅倉さんさあ、宗旨変えした？」

四

翌朝、東京地検の検事室を特命係の杉下右京と亀山薫が訪れていた。

「お忙しいところ、すみません。連続殺人事件の指揮を執られている浅倉検事の耳にお入れしておきたい情報があったものですから」

前夜と違って、スーツをぱりっと着込んだ浅倉禄郎はいかにも有能な検事に見える。フライトジャケットにワークパンツというみずからのいでたちは、厳格な検事室にははなはだ不向きだと、と薫は恥じた。照れ隠しに、事務官の市村麻衣子に微笑んでみせたが、まじめに礼を返されただけだった。

「それはどんな情報ですか？」

右京は鑑識課から借りてきた一枚の写真を検事の机の上に置いた。中村江美子のうつぶせになった遺体の一部の拡大写真である。腰の辺りが中心の構図だった。

「ええ、実は遺体を発見したとき、妙なことに気がつきました。彼女のスカートのファスナーが半開きだったんです。ブラウスの裾もスカートから全部出てしまっていたので、てっきりレイ……」右京は麻衣子が聞き耳を立てているのに気づき、表現を改めた。「てっきり乱暴されたのかと思ったのです」

浅倉の顔が曇る。

「しかし、乱暴されたという報告は聞いていませんよ。そして、そのことが同一犯人による五人目の犠牲者だという根拠になっているのですから」

「はい、ぼくも鑑識の米沢さんから同じように聞きました。殺しの手口として、なにか鋭利な刃物で頸動脈をばっさり切りつけた点、そして性的な暴行を受けていないという点、その二点が過去の四人の犠牲者と共通していた、と」

右京が要領よく整理すると、浅倉が即座に疑問点を明らかにした。

「だとすると、この半開きのスカートはなにを意味しているのでしょう?」

「どうやら、彼女の履いているこのスカート、サイズが合っていないようなんです。そもそもファスナーはこれ以上、上がりません」

浅倉は右京の目を見つめ、「たしかですか?」と訊いた。

「はい」右京は自信満々にうなずくと、麻衣子の机に近づき、「半分しかファスナーの上がらないようなスカートを履いたりしますか?」

質問を振られた麻衣子は少し考えたあと、しっかりとした口調で答えた。

「よほどの事情がない限り、履かないと思います」

「ですよね。いくらなんでも好き好んで、サイズの合っていないスカートを履く女性はいませんね」

薫が「な、妙だろ?」と持ちかけると、浅倉は考え込みながら重々しくうなずいた。

麻衣子が男たちに助言するかのように、

「なにか重大な痕跡を、犯人が彼女のスカートに残してしまったとは考えられないでしょうか?」

薫がこの推理に飛びついた。

「なるほど、それで履き替えさせたってわけですね」

「しかし」と、浅倉。「重大な痕跡を残したにせよ、なにも履き替えさせる必要はないでしょう。剝ぎ取っておけばそれですむ。どうしてわざわざ履き替えさせるなんて手間をかけたのか、そこに合理的な説明がつきますか?」

右京が浅倉の意見を認めた。かしこまったようすで上半身を少し前傾させ、首を小さく二回縦に振りながら、口癖の台詞を吐く。

「おっしゃるとおりです。そこが引っかかります」

この発見は浅倉検事により、その日の合同捜査会議に有力情報としてもたらされた。証拠品のサイズの合わないスカートを掲げて、浅倉は説明した。

「スカートのサイズが合わない。誰かこの理由がわかるか?」

捜査員たちは顔を見合わせるばかりである。ざわついた捜査会議に浅倉の鋭い声が飛ぶ。

「そう、わからない。謎だ。その謎を解き明かすのが、きみたちの仕事だ。以上!」

若齢の検事から言われ放題言われて、苦虫を嚙み潰す内村警視長の隣で、中園警視正はこぶしを握りしめた。

警視庁に戻った薫は、連続殺人事件の被害者五人の写真を並べて、共通項を探っていた。というよりも、それくらいしかすることがなかったというのが特命係の実情だったのである。

「OL、主婦ふたり、薬剤師、それからデパートガール……とりあえず全員、女ですね。それは共通しています」

薫は軽口のつもりで言ったのに、右京はくすりともしてくれない。

「女性を無差別に狙った犯行ですか」

まじめな顔でそう返されると、困ってしまった。

「まあ、あえて言えば、わりとみんな美人ですかね」

「美人ばかりを無差別に狙った犯行ですか」

「お手上げです。職業も年齢も身長も体重も、なにもかも違うでしょ。共通しているのは女ってことだけ。案外、本当に無差別殺人なんじゃないでしょうか?」

薫は早々と降参したが、右京は被害者にはなにか共通項があると確信しているようだった。なんでも深読みしたがる上司には感服しつつも、つい敬遠したくなる薫である。

「考えすぎはどうかと思いますよ」

「ご忠告ありがとう。しかし、きみみたいに考えなさすぎるのもどうかと思いますよ」

ふたりが不毛なやりとりをしているところへ、角田がやってきた。

「暇か?」

返事をする代わりに、薫が大仰に肩をすぼめてみせた。

角田は並べられた写真をちらっと眺めて、

「女の写真眺めているようじゃ、相当暇だな」

「これ、今回の連続殺人事件のガイシャですよ」

「わかってるよ、そんなことは。こいつは捜査一課のヤマだろうが。よそのヤマに首を突っ込んでどうするつもりだ」

「だったら少しはおれらにも仕事を回してくださいよ。こないだの張り込み以来、ぜんぜん仕事ないじゃないですか」

「そう思ってよ、仕事持ってきてやったよ」

「本当ですか」薫の顔が輝く。「で、どんな？」

「少年課からの応援要請だ。援交摘発のおとり捜査だよ。売春してる女子高生をとっ捕まえるの。どうだ？」

「ええっ、そりゃ命じられたらなんでもやるのが特命係ですけど……」

角田が黒縁眼鏡をわざとらしく持ち上げた。

「なんだよ。仕事、いらないのかよ」

「やります。はい、喜んで」

一時間後、薫は特命係の部屋から電話をかけていた。

「きょう一日暇してっから、コールバックよろしく。ちなみに顔はキムタクにちょい似って言われるけど、どうかな。それは会ってのお楽しみってことで。あ、あと財政的にはちょっと余裕があります。テツヤでした」

伝言ダイヤルへメッセージを残して受話器を置くと、感心した顔つきの右京が近づいてきた。

「うまいものですねえ」

こんなことで褒められてもちっとも嬉しくない薫は、すぐに言い返す。

「なにが悲しくてナンパの真似事なんかしなきゃならないんだか……こんなことするために刑事になったわけじゃないんだけどな」

「おや、ではどんなことをするために刑事になったんですか？」

「そりゃ凶悪犯をとっ捕まえるためにですよ。今回の連続殺人犯みたいなね」

薫が煙草に火をつけると、右京は突き放すような口調で言った。

「凶悪犯を捕まえることだけが刑事の仕事だと思っているのですか」

なにが上司の癇に障ったのだろう。薫には思い当たる節がない。深く考えずに、煙草を一服していると、おとり捜査用の電話が鳴った。明るい声で出る。

「もしもし、テツヤです」

「アユミです。伝言ありがと」

五

アユミとの待ち合わせは原宿駅前だった。大量の女子高校生、女子中学生が行き交う中で、三十過ぎの男がぽつんと突っ立っているのはいかにもかっこ悪い。アユミなる女性が早く現われてくれないだろうか、と亀山薫はいらいらしていた。

煙草に火をつけるかどうか迷っていると、見覚えのある少女がこちらのほうへ歩いてくる。張り込みの際に部屋を借りた今宮家のひとり娘、典子である。どこかで着替えを済ませたのだろう、私服である。化粧もしている。制服姿のときよりもぐんと大人びて見えた。

さてはデートかと思っていると、意外なことに薫のほうへ近づいてくる。かといって、薫に気づいているふうでもない。

「あ、刑事さん」

一メートルくらいの距離まで近づいて、典子は初めて驚きの声をあげた。

「やあ、こんにちは。デートか？」

「うん、まあ。刑事さんは？」

薫は一瞬、言いよどむ。

「ああ、ちょっと待ち合わせ」

ぎこちない会話が途切れた瞬間、脱兎のごとく典子が逃げ出した。虚をつかれた薫は、ここでようやくアユミの正体が今宮典子であることに気づいた。携帯電話ですぐに右京に連絡する。

「ターゲットが歩道橋のほうに逃げていきます。反対側から応援お願いします。挟み撃ちにしましょう」

典子が歩道橋を駆け上りはじめたところで、薫は追跡を開始した。道路の向こうでは右京も歩道橋目指して走っている。ふたりの連係プレーが見事に決まり、典子はあっけなく捕まった。

「どこがキムタクにちょい似だよ」

薫に取り押さえられた典子は思いきり毒づいた。

警視庁に連れ帰って取り調べた結果、今宮典子の所持品である手帳から、会社員、医者、小学校教師などの名刺が出てきた。しらばくれていた典子も、最後にはこれらの名刺の男性が援助交際の相手であったことを認めた。


翌日、警視庁の取調室では裏づけ捜査が行なわれていた。取調室には、風采のあがらない気の弱そうな中年男が呼ばれていた。一見まじめそうな男が少女買春をしている現実。世の中にはもう聖人君子などいないのだろうか。薫が詰め寄る。

「まったく、どういうつもりなんだ。あんた、教育者だろう」

悄然として座っている男は、典子の手帳から見つかった名刺の小学校教師であった。

「まったく油断も隙もあったもんじゃないですね」

消え入るような声で男が言った。

「どういう意味だ」

「ぼくの名刺を持っていたなんて」

「あげたわけではないんですか?」

右京が訊くと、男はあきらめきった表情で答えた。

「あげるわけないでしょう。おそらくぼくがシャワーを浴びているときにでも、こっそりくすねたんじゃないですか」

「お金を介して、彼女と肉体的な関係を持ったことは事実ですね？」

「事実です……だけど去年のことですよ」

開き直ったような教師の口ぶりが、薫を怒らせた。犯罪に加担しているという意識が欠如している。こんな男が教育者と考えただけで、むかついてくる。

「相手は高校生だぞ」

「そうとわかってりゃ、やんなかった」

「なんだ、その言い草は！」

薫が声を荒げただけで、教師は脅えておろおろしている。

「すみません」

「おまえな、売春している高校生の客になったんだぞ。少しは恥じろ！」

「いや、でも、ぼくもいまはいっさいそんなことはしていません。きっぱり足を洗いました」

「嘘じゃないだろうな！」

「ほ、本当です」男は内緒話を打ち明けるように身を前に乗り出して、「ここだけの話にしていただけますか。実はテレクラで知り合った女が……死んだんですよ」

「死んだ？」

「殺されたんです」

このひと言に右京が興味を持った。

「それは穏やかじゃありませんね」

「連続殺人事件——ほら、切り裂きジャックって、いま世間で騒いでるじゃないですか——その犠牲者になったんです。殺されたという記事を新聞で見てから、なんか恐ろしくなっちゃって」

「本当ですか？　名前を覚えていますか？」

口調は丁寧でも、右京の視線は射るように厳しかった。

「本名は新聞に載っていたはずですが、そんなの忘れました。ぼくにはサオリと名乗っていましたけど」

「何番目の犠牲者ですか？」

「ふたり目だったと思います」

右京が記憶を探った。

「だとすると、若松陽子、三十三歳……彼女はたしか主婦でしたね」

調書を取って、教師を帰したあと、自慢のティーカップに注いだ紅茶を片手に右京が言った。

「いよいよ切り裂きジャックらしくなってきましたね」

どうしても紅茶になじめず、大きなマグカップでコーヒーをすすっていた薫が、手を止めて問う。

「どういう意味ですか？」

「ロンドンの切り裂きジャックが狙ったのも娼婦ばかりでした。もし、それを模倣しているのだとすると」

「残りの四人も陰で売春をしていた？」

「可能性はあります。そうだとすれば、殺された五人の女性に重要な共通項が生まれます」

薫はコーヒーをひと口含むと、

「しかし、みんな陰でやっているわけでしょう。テレクラを利用していたり、なかにはデートクラブみたいなところに在籍していた女もいるかもしれないけど、そういう店はそれこそ星の数ですからね。調べるったって相当骨ですよ。無駄骨になる確率のほうが高い」

そのことばを右京が聞きとがめた。いきなり語気を荒くして薫に迫る。

「無駄骨とはなんです。いいですか、刑事の仕事は、きみが望んでいるように凶悪犯を捕まえることではありませんよ」

「え？」

「犯人を捕まえるだけなら、一般市民にだってできる。市民にも逮捕権がありますからね。しかし、彼らには捜査権はない。あれこれ調べ回る権利はありません。捜査権を持っているのは、警察官と検察官だけです。つまり、われわれの仕事は、無駄だと思える捜査をこつこつやること、無理だと思える調査に骨身を削ることです」

「すみません……」

「きみは心得違いもはなはだしいですね」

右京はいつも正論を吐くが、今回の正論には打ちのめされた。薫はうなだれるしかなかった。

心を入れ替えた薫は、さっそくホテトルやテレクラの事務所を当たったが、すぐに成果が上がるものではなかった。届け出られた住所をたよりに訪ねていっても実体がなかったり、電話番号をたどっていっても転送ばかりで大元には行き着かなかったり、というありさまなのだ。ようやく見つけて踏み込んだところで、いるのはバイト気分のチンピラで、ろくな情報を持っていなかった。

しかし、数軒目のデートクラブの事務所でようやく実のある情報を得ることができた。店長らしき中年の男は、薫が持参した被害者の写真のうちの一枚を示し、うちで働いていた、と証言したのだ。店長が指差したのは、昼間は薬剤師の顔を持つ鈴木美加だった。

とりあえずひとつ成果を上げた薫は、夕刻一旦警視庁に帰ってきた。机に戻り、右京の帰りを待っていると、電話が鳴った。

「はい、特命係」

「こちら通信指令センターですが、亀山巡査部長は？」

「私ですが」

「電話が入っています」

怪訝な思いにとらわれながら電話に出ると、つい昨日も聞いたばかりの声が耳に飛び込んできた。

「ねえ、キムタク似の刑事さん、ちょっと会いたいの」

今宮典子である。典子は一方的に薫を呼び出すと、電話を切ってしまった。

指定された喫茶店に入り、店内を見渡すと、典子は窓際の席にひとりでぽつんと座っていた。薫は非行少女の正面に腰かけた。

「どうした？」

典子はふてくされた顔をして、

「暴力事件に遭ったの。犯人を逮捕してよ」

「暴力？　なんのことだ？」

「お父さん」

うざったくてしかたないという表情になった典子を見て、薫も腑に落ちた。

「ははあ、親父さんに殴られたのか。そりゃそうだろ。親父さんにしてみたら、一発や二発殴りたくなって当然だよ。おまえはそういうことをしたんだから」

「女の子の大事な顔、殴る？　傷でも残ってお嫁に行けなくなったら、どう責任とってくれるのよ」

「そんなこと、おれに言うなよ。その前に、おまえはお嫁に行けなくなるようなことしてただろ。少しはそれを反省しろ」

さすがにその指摘は正しいと感じたのか、典子はしおらしい顔になった。土台、まだ思慮の浅い高校生なのである。

「どうでもいいけどさ、おまえ、一一〇番に電話しておれを呼ぶなよ。びっくりするだろう」

「だって、電話番号なんか知らないもん」

薫は紙ナプキンに自分の携帯電話の番号を記して、典子のほうに押しやりながら、

「で、なんの用だ？」

「お金、ちょっと貸してくれない」

典子が両手を合わせて頼み込んだ。

「なんに使うんだよ」

「生活費」

「生活費？」

「は？」

「だって、あたし家なき子だから」

「お父さんが、もうおまえの顔なんか見たくない、出て行けって。あたし、追い出されちゃったんだもん」

「それなら、おれから連絡してやるから」

　典子の父親は頑なだった。娘は勘当した、と言い張るばかりなのである。そればかりか、薫に対して、娘の腐った根性を叩きなおしてくれと頼むと、さっさと電話を切ってしまったのである。とりあえず数日間は自分のマンションに泊まらせるしかないか、と薫はため息を吐いた。

六

　仕事帰りに行きつけの小料理屋〈花の里〉の暖簾をくぐった杉下右京は、カウンターの中に今宮典子の姿を認めてびっくりした。「いらっしゃい」と笑顔で迎える女将の宮部たまきに、質問した。

「これはどういった趣向ですか？」

「亀山さんからね、ここでバイトさせてやってくれって頼まれちゃって」

「亀山くんから?」

食器を洗っていた典子が、右京に向き直って説明した。

「家を追い出されて生活費がなかったから、あの刑事さんに頼んだら、二千円しか持ってない、だって。信じられる? おまけに、金が欲しけりゃ額に汗して働け、だってさ。あーあ、つまんないの」

右京はそれを聞いて、苦笑するしかなかった。

小一時間後、右京がカウンター席でひとり考え込んでいると、たまきが酌をしに隣の席に座った。

「なにか考えごと?」

「ええ、ちょっと」右京は元の妻に女性としての助言を求めることにした。「たまきさん、あなたはいつも着物ですが、たまにはスカートを履くこともあるでしょう?」

「もちろん、ありますよ。スカートがどうかしました?」

右京は遺体のスカートのサイズが合っていなかったことをかいつまんで説明した。

「遺体のスカートを履き替えさせたのだとしたら、それはなぜか。どうにもわかりません」

「なにか証拠になるものがスカートについちゃったから、なんじゃないの?」

右京は猪口の酒を舐めると、

「だとしても、履き替えさせる必要はない。剝ぎ取っておけばすみます」

「そうよね」

たまきがよい考えを思いつけずにいると、カウンターの中から、典子が口をはさんだ。

「パンツ一丁じゃ可哀相だからじゃない？　だってスカートを剝ぎ取ったままじゃ、パンツ丸出しで死んでるわけでしょ？　それじゃあ、いくら死体でも可哀相だよ。女なんだし」

予想外の意見を右京は頭の中で十分に咀嚼した。

「なるほど。そういう考え方もたしかにありますね」


翌日、右京と薫は再び、東京地検の浅倉を訪問した。薫が浅倉の前に被害者の写真を置いて説明する。

「若松陽子、この女性はテレクラを利用して、売春していたようだ。そして、鈴木美加、この娘《こ》は乃木坂のデートクラブに在籍していたよ」

浅倉は薫の言わんとすることをすぐに理解したようだった。右京に向かって確認する。

「娼婦ばかりを狙った連続殺人事件というわけですか」

右京がすぐに補足する。

「五分の二で、そう断定するのは早すぎるかもしれませんが」

「でも、無視できない一致ですね。杉下さんは、今回の連続殺人犯がどういう男だと思いますか？」

「男とは限らないんじゃないでしょうか」

「え？」

浅倉は意表をつく右京のことばに戸惑ったようだった。麻衣子も仕事の手を止めて、続きを待った。

「もしも犯人が女ならば、五人の被害者が性的な暴行を受けていないことに、合理的な説明がつきます」

「なるほど」浅倉は二度三度とうなずきながら、「マスコミがこぞって切り裂きジャックなどと騒ぎ立てるものだから、すっかり先入観にとらわれてしまったようです。検察官、失格だな」

「例のスカートの謎も、女だからこそ剝ぎ取ったまま放置しておけなかったのではないか、と」

当惑している親友の顔を見て、薫が続きを説明した。

「パンツ一丁で転がしておくのは忍びなかったんじゃないかって。おっと、これはおれの意見じゃないよ。コギャルの意見だ」

「コギャル？」

そのときノックの音がして、捜査一課の伊丹が入ってきた。先客の姿を認めて、顔をしかめた。

「特命係の亀山、こんなところでなにやってんだ？」

「そっちこそ、なにやってんだよ。少しは捜査、進んでるのか？」

「なんだと」

ふたりの言い争いを制した浅倉が、伊丹に用件を訊く。

「夜の捜査会議のときにお知らせしてもよかったのですが、早いほうがよいかと思いまして」

「もったいぶるなよ」と、薫。

伊丹の顔には、部外者には情報を与えたくない、という気持ちが表れていた。しかし、検事に催促されてはしかたがない。

「例のスカートの件ですが、ガイシャが転がっていた雑木林からさほど離れていないところに洋品店がありまして、あの夜、あのスカートを売ったという証言が得られました」

「買ったのは？」

伊丹は特命係のふたりの耳を気にしながら声を潜めて、

「それが……女なんですよ」

「女？」

浅倉がはっきり訊き返したので、特命係のふたりにも情報の内容は筒抜けだった。

伊丹がもたらした情報により、連続殺人犯が女性という仮説は信憑性を増した。しかしながら、スカートを買った人物が特定できたというのに、そのモンタージュなり似顔絵なりが出回っていないのは不思議だった。特命係のふたりは、さっそくその理由を確かめることにした。

結論から言えば、モンタージュが出ない理由はいたって簡単だった。目撃証人は洋品店でたまたま留守番をしていた店主の年老いた母親であり、この老婆はおそろしく耳が遠いため、聞き取りにとんでもない手間がかかることが判明したのである。事実、前に来た捜査員は、ちっとも進展しない聞き込みにしびれを切らして、引き上げてしまったという。

それでも右京は粘り強かった。老婆の耳元に手を当て、質問を繰り返していた。

「お婆ちゃん、スカートを買った女の人がいたでしょ」

「はいはい」

「その人、どっちから来ましたか？」

「はっ？」

「あっちですか？」

「はあ」

「こっちですか？」

「ふう」

「これじゃあ、いくら訊いても無理ですよ」

薫が呆れて首を横に振ると、突然老婆が意味のあることばを呟いた。

「車だったよ」

「車で来たんですか？　何色でしたか？」

「赤」

「ほかになにか覚えていませんか？」

「ズックを履いてたよ」

「ズックですか？」

老婆はズック、ズックと言いながら、さも愉快そうに笑い転げた。

老婆のひと言が右京の脳細胞を刺激した。ふたりはただちに警視庁にとって返すと、鑑識課の米沢を訪れた。そして、五人目の遺体発見現場で採った下足痕を見せて欲しいと申し出たのである。

下足痕が転写された透明フィルムを米沢が持ってくると、右京と薫はそれを一枚一枚検めた。そして小さめのスニーカーらしき足跡を見つけ出した。

「これズックでしょう？　サイズはどうです？」

米沢はいぶかるような目で右京を見ながら、

「二十二センチのスニーカーですけど……」

「お婆ちゃんはスニーカーなんてハイカラなこと言わないんだよ」と、薫。

「これを子どもの足跡と決めつけるのは、ちょっと早すぎましたね」

「赤い車に乗ったスニーカーの女……」

「亀山くん、なにか気がつきましたか？」

「いえ、別に」

とってつけたように薫が否定した。

「当てましょうか」と、右京。「赤い車に乗ったスニーカーの女性。そういう女性が身近にいた。違いますか？」

「いえ、だけどまさか……市村さんが？」

「確認してみましょう」

こうしてふたりはまたも東京地検を訪れるはめになった。

七

「市村くんになんの用かな？」

特命係のふたりを迎えた浅倉の声にはあきらかに苛立ちが含まれていた。

「ちょっと確認したいことがありまして」

右京は深々とお辞儀したが、それは慇懃無礼にもとれるしぐさだった。

「確認ってなにをですか？」

「まあ、そう怒るなよ。すぐにすむからさ」薫が親友をなだめた。「あれ、彼女、外出中か？」

市村麻衣子の机は空席になっていた。いつも広げられているノートパソコンも、机の上に出ていない。

「いや、来てない」

「休みか？」

「わからん。携帯も繋がらない。こんなことはいままでなかったんだが」

浅倉が突き放した。

「行方不明ということですか？」

案ずるように右京が尋ねると、感情を押し殺して浅倉が答えた。

「そういう表現が妥当かどうかわかりませんが、少なくとも無断欠勤です。それで、彼女に確認ってなんですか？」

右京が市村麻衣子への疑念を淡々とした口調で説明すると、検事の顔がたちまち曇っていった。


右京と薫、それに浅倉の三人は麻衣子のマンションの前にいた。インターフォンを鳴らしても、応答がない。不審そうに三人をうかがっている管理人に事情を説明し、麻衣子の部屋の鍵を開けてもらった。

「どうぞ」管理人は薫をじろじろ見ている。浅倉や右京と比べてラフすぎる恰好の薫が本当に刑事なのか、いまだに疑っているようだった。「お帰りになるときには声をかけてください」

わざと元気いっぱいに薫は答えた。

「はいはい、どうもありがとうございました」

1LDKの間取りであるが、遮光カーテンがかかっているので、昼間でも中は薄暗い。廊下の壁に三つ並んだスイッチのひとつを浅倉が押すと、リビングの照明がついた。

ベッドとソファ、本棚、机などが整然と配置されており、すっきりとした印象の部屋だった。調度品の色合いがパステル調であることが女性のひとり暮らしを思わせるが、過度の装飾やかわいらしい置物の類はない。この部屋に麻衣子がいないことは一目瞭然だった。薫はダイニングとバスルームに入ってみた。どこにも女性検察事務官の姿はない。

「いませんねえ……」

「きのう、彼女のようすになにか変わったところはありましたか？」

右京が浅倉に尋ねた。浅倉はちょっと回想するようなしぐさをした。

「さあ、特に気づきませんでした。とにかく下足痕を確かめてみませんか？」

三人は玄関に戻った。右京が壁のスイッチのうちの真ん中のものを押すと、廊下の照明がついた。「あ、失礼」と軽く礼をして、上のスイッチを押しなおす。これでようやく、玄関が明るくなった。

シューズボックスを開けるとパンプスやブーツなどが、持ち主の几帳面な性格を表すように、きちんと仕分けして収納されていた。スニーカーは一番上段に並んでいた。

右京が一足のスニーカーをシューズボックスから引っ張り出した。同時に薫が鑑識課から借りてきた、下足痕の転写された透明フィルムを取り出す。五人目の遺体発見現場で見つかった、サイズ二十二センチの下足痕である。フィルムを靴底に当てて、照合する。

「合いませんね」

シューズボックスには三足のスニーカーがあったが、どれも下足痕とは一致しなかった。

右京がなにかに気がついたようにリビングのほうへ戻る。薫と浅倉もそれに続いた。右京はカーテンを開け放ち、ベランダに出た。洗った白いスニーカーが干してあった。

「このスニーカー、いや、ズックじゃないでしょうか」

薫がフィルムを靴底に当てると、もようがぴったり一致した。

「ビンゴ」

思わず薫の口から漏れたひと言は、浅倉の感情をいつになく高ぶらせた。

「市村くんをホシと断定するには証拠がなさすぎる!」

対照的に、右京が冷静に意見を述べた。

「現段階で推測できることはふたつあります。ひとつは、市村さんらしい女性があの夜、現場近くの洋品店でスカートを買ったこと。これは洋品店で裏づけをとる必要がありますが、ズックと赤い車から、おそらく彼女だと思われます。そしてふたつ目は、その足で現場へ行き、買ったスカートを被害者に履かせたらしいこと。こちらは下足痕から間違いないと思います」

「疑問点なら、もうひとつありますよ」

薫が指摘した。

「ほお、なんでしょう」と、右京。

「女がスカートを買ったという情報が入ったとたん、市村さんは忽然と姿を消したこと」

「いずれにしても状況証拠にすぎないじゃないか」

浅倉が薫に嚙みついた。

「わかっているさ」

薫は友の怒りをなだめようとした。

右京は無言で室内に戻った。そして麻衣子の机の引き出しを開け、調べはじめた。

「勝手に調べるんじゃない。プライバシーの侵害だろう！」

浅倉の癇癪がついに爆発した。声を荒げると、右京の手が止まった。

「ああ、失敬。悪い癖です」

「杉下さん、あなたには大いに感謝しています」浅倉が感情を押し殺すように、一語一語はっきりと語る。「あなたの鋭い直感と推理のおかげで、遅々として進まなかった今度の事件がわずかながらも進展を見せた。しかし、あなたはあくまでもこの事件に関しては部外者です。その節度はわきまえていただきたい」

「申し訳ありませんでした」

右京が深く頭を下げる。麻衣子の部屋に重苦しい空気が漂う。ふたりの間に、薫が割って入った。

「……いや、まあまあ、ねえ、ほら、おれらもさ、邪魔しようとしているわけじゃないし」

薫の作り笑いは、むなしくこだまするだけだった。

裏づけ捜査は進み、洋品店で遺体が履いていたサイズ違いのスカートを買ったのが市村麻衣子であると確認された。洋品店の耳の遠い老婆が、麻衣子の顔写真を見て、この女に売ったと断言したのだ。

東京地検の女性が容疑者として浮上してきたことで、捜査本部も騒然とした。刑事部長の立場上、内村はマスコミの取材攻勢をかわすのに精いっぱいだったが、伊丹など第一線で働く刑事たちはむしろ、ざまをみろと溜飲を下げていた。

そんな折り、市村麻衣子が見つかった。赤い愛車とともに、彼女の遺体が海から引き上げられたのだった。

一報を聞きつけた薫は右京と一緒に現場の芝浦の埠頭へ急行した。数台の警察車両が止まっており、鑑識課の捜査員が慌ただしく動いている。シートまでぐっしょりと海水に濡れてみすぼらしいようすの赤い車の隣にビニールシートを被せられた遺体が横たえられていた。遺体の脇には、浅倉禄郎が悲痛な面持ちでしゃがみ込んでいた。

右京がビニールシートをめくると、麻衣子の顔が現われた。血の気が引いて白く、唇は紫に変色していたが、穏やかな死に顔だった。

浅倉は立ち上がり、ゆっくりと埠頭の先端に歩を進めた。友人の落胆ぶりを気にした薫があとを追った。

薫は煙草を差し出し、ライターで火をつけてやった。そのうえで、自分も煙草に火をつける。ふたりが無言で紫煙をくゆらせているところへ、神妙な顔をした右京がやってきた。実況見分の続く現場を振り返って、ぽつんと呟く。

「どうやらブレーキをかけた痕跡はないようですね」

「そうですか」と、浅倉。

「ならば自殺ですか」こちらは薫。

「捜査員たちも自殺だろうと話し合っているようです」

右京が情報を提供すると、浅倉はため息を吐いた。

「さぞ、お辛いでしょうね」と、右京。「検事は市村麻衣子さんと、仕事上の関係だけではなかったのでしょう?」

薫が驚いていると、浅倉が顔を上げた。

「どういう意味ですか?」

「仕事を超えた親しい間柄だったのではないか、と推測しています」

右京の推理はとても場所柄をわきまえたものではなかった。

「なぜ、そんな邪推を？」

右京は慇懃無礼に会釈すると、

「市村さんのマンションでのあなたのふるまいが、気になりました」

「わたしのふるまい、ですか？」

「ええ。市村さんの部屋はカーテンがしまって暗かった。明かりをつける必要がありました。あなたは先頭に立って部屋に入ると、迷いもせずに正しいスイッチを選んで押されました。どうしてそれができたのでしょう」

「え？」

「スイッチは壁に三つ並んでいました。そして、一番下が正しいスイッチでした。予備知識のない人間だったら、どうするでしょう。まずは一番上のスイッチから順にためしてみるのではないでしょうか。せっかちな人ならば、全部一度に押すかもしれない。でもあなたはそうなさらなかった。的確にリビングの照明のスイッチを押したのです」

浅倉は唇を噛んで、右京の発言に聞き入っていた。

「ですから、あなたがあの部屋を訪れたのが、一度や二度とは思えないのです。仕事上の付き合いならば、そう頻繁に部屋を訪れることはないでしょう。男性ならまだしも、相手は女性なのですから。なので、おふたりは親しい関係ではないかと推測しました」

右京が眼鏡のフレームに手を添える。「ついつい詮索してしまうのも悪い癖で」

覚悟を決めたように浅倉が口を開いた。

「彼女は私と一緒で母ひとり子ひとり、つまり母子家庭に育ったんです。そんな境遇から妙にうまが合って……親しくなりました」

「浅倉……」薫が気遣う。「そうか、知らなかったよ。恋人が自殺した……ってわけか」

友の心中を斟酌し、切ない気分になった薫には、続く上司のひと言はあまりに冷徹な響きを伴って聞こえた。

「検事は、どうして彼女が自殺したとお思いですか？」

浅倉は暗い目で特命係の警部を見つめ、

「あなたはどう思いますか？」

「ぼくよりも検事のほうが彼女をよく知っていらっしゃるじゃないですか」

あげつらうような言い方に、浅倉はかちんときた。

「杉下さんなら、こう思っていらっしゃるのでしょうね。彼女はスカートの一件で追いつめられ、逃げ切れないと観念して、車ごと海に飛び込んだ、と。違いますか」

右京はポーカーフェイスで押し黙ったままだった。浅倉が激した。

「しかし、彼女が五人もの女性を殺したという証拠はどこにもない！」

「そのとおりです。もっと言うなら、彼女の死が本当に自殺によるものかどうかもまだわからない」

「誰かに殺されたとでも？」

「右京さん」薫が見かねて言った。上司をファーストネームで呼ぶのは初めての経験だったが、とっさにそう口に出たのだ。「少しは浅倉の心中も察してやってください。こいつは前にもね」

「いいよ、亀山」

浅倉が薫の発言を止めようとしたが、無理だった。薫の頭には血がのぼっていた。

「愛する女性を失くしているんですよ！」

「もうよせ」

「結婚を誓い合った女性を失くしているんです。あなたはなんでも面白半分に事件を推理ゲームにしてしまうけど、いまのこいつがそんな気分になれるはずないでしょう。なんでも疑えばいいというもんでもないでしょう！」

「失礼、配慮が足りなかったようです」

薫の勢いに気圧されて、この場は右京が引き下がった。

八

亀山薫はむしゃくしゃしていた。

場所は薫のマンションである。傷心の浅倉を自宅に誘い、美和子の手料理でもてなしたのだ。なるべく事件のことは考えないようにしているのだが、ついつい昼間のできごとが思い出されてしまう。

「あの人は事件をおもちゃにしてるんだよ」

　ワインの勢いを借りて、薫が息巻いた。

「そんなに興奮しないの」

　美和子が軽くたしなめると、浅倉も同調した。

「そうだ、まあ、落ち着けよ」

「なんだよ、おれはおまえのために怒ってんだぞ。いくらなんでも、市村さんが殺されたなんて……」

　薫がぼやく。

　浅倉は酔いを醒ますように首を振って、

「彼女の死は自殺の公算が高いと思う。でも、彼女があんなに多くもの殺人を犯したなんて、どうしても信じられないいんだ」

「浅倉さん、市村さんのことを愛していたのね？」

　美和子の問いかけに小さくうなずいた検事は、

「濡れ衣だったとしたら、彼女の死も仕組まれた可能性がなくもない。杉下右京がそこに目をつけているのなら、おれもその結果を知りたい。亀山、悪いが、彼が誰を疑っているのか探ってくれないか」

「ああ、わかったよ。あの変わり者と付き合えるのはおれくらいしかいないからな。任せとけ」

薫は気安く請合った。

「さて、おれはそろそろ帰る」おもむろに浅倉が立ち上がった。そして、美和子に向かって、「ごちそうさん、美味しかったよ」

「あまり気を落とすなよ」

薫と美和子は玄関口で浅倉を見送った。すると、入れ違いに「ただいまぁ」と明るい声が玄関に響いた。今宮典子が〈花の里〉のバイトから帰ってきたのだ。

「ねえ、いまの人、誰?」

典子が興味ありげに質問した。

「浅倉さん、わたしたちの古い友だち」

美和子が答えると、典子は「どこかで見た覚えがあるんだけどなあ」と首をひねった。

亀山薫は考え込んでいた。

今宮典子から聞いた話が、喉元に刺さったとげのように気になってしかたないのである。典子は浅倉禄郎に見覚えがあると主張した。問題はその日時と場所なのだが、連続殺人事件の五人目の遺体が発見されたあの日の夕刻、学校帰りに雑木林の近くで目撃した、と典子は言う。あの夜は五人目の犠牲者の発見以外にも、シャブの売人の逮捕劇などがあり、典子にとっても特別な一日だったと思われる。ほかの日と記憶が混乱しているとは考えにくい。だとすると……。

一瞬、右京に相談しようかという考えが頭をよぎったが、その前に浅倉の依頼を片づけることにした。

「市村麻衣子さんの死は自殺と断定されましたが、いまでもまだ殺されたと疑っているんですか？」

薫が話を振ると、すぐに右京が応じた。

「現場の状況から事件性は薄いと判断されて、死体は行政解剖に回されてしまいました。司法解剖をしていれば、あるいはなにか見つかったかもしれません」

亀山には杉下右京という人物が、ときおりわからなくなる。

「そこまで他殺にこだわる根拠はなんです？」

「ぼくは靴が気になってしかたないのですよ」

「靴……というと？」

「車の中から靴が見つからなかったんです」

「だって、彼女、靴履いていたじゃないですか」

「ええ」右京はさも当然というふうにうなずくと、「しかし、あれはスニーカーです」

「彼女は運転するときはいつもスニーカーだったんでしょ。だったら特に不思議だとも思えませんけど」

「知っています。運転するために、いつも車の中にスニーカーを一足置いていた。おそらく遺体の履いていたのは、それでしょう。ならば、履き替えたほうの靴はどうしたんでしょう」

「あっ」

「彼女、ふだんは革靴でした。つまり、車の中に履き替えた靴が残っていないとおかしいんですよ。車は窓も閉まり、ドアはロックされていたそうです。靴が海に落ちてしまうとは考えられません」

「もしかしたら裸足で車に乗ったのかもしれないじゃないですか」薫が破れかぶれの仮説を持ち出す。「これから死にに行こうという人間ならば、そんな突拍子もない行動もあるかもしれません」

しれっとした顔で右京がうなずいた。

「ぼくもそう思います」

「なんですって」

「彼女はおそらく裸足で車に乗りました。ただし、自分で歩いたのではなく、たとえば睡眠薬かなにかで眠らされて、なにものかに抱えて運ばれたというような具合です」

　薫の顔が曇り、右京は推理を続ける。

「犯人は自殺と見せかけて彼女を殺すつもりです。ふつうならば裸足ではおかしいですから、玄関から靴を一足持ってくるでしょう。しかし、犯人はそうしなかった。なぜなら、彼女の車の中にスニーカーがあるのを知っていたからです。常に車にスニーカーが置いてあることを知り、なおかつ彼女の部屋に自由に出入りできる人間、すなわちそれが犯人です」

　薫の胸中ににわかに暗雲が立ち込めてきた。

「あ、浅倉が犯人だと、そうおっしゃるのですか。ちょっと待ってください。あなたの推理はいつも面白い。驚かされるし、納得もさせられる。けど、いまのはいくらなんでも……」

「ひとつの可能性を指摘したまでです」右京は表情を変えずにそう言い放つと、「調べてみると、こんなこともわかりました。浅倉検事は今年の夏に東京地検に赴任していま す。それ以前は、ほぼ三年ごとに各地を転々と……」

「だからなんですか？　検察官は、みんなだいたいそうでしょ」

「彼が東京に来て間もなく、今回の切り裂きジャック事件が発生しています」

「もうなにも聞きたくありません」

薫はむくれ、右京に背を向けた。右京の声のトーンが上がった。

「彼の赴任地でことごとく殺人事件が発生しています。殺されたのはすべて女性で、しかもそのすべてがお宮入りしています」

右京の声が責め立てたが、薫はそれを無視した。

「きみはたしか、浅倉さんが札幌地検時代に婚約者を交通事故で亡くされたと言いましたよね。資料によると、自殺のようですよ。車ごと海へ落ちたようです。これも単なる偶然でしょうか?」

堪忍袋の緒が切れた薫は、バンと音を立ててデスクを叩いた。

「いい加減にしてくれって言ってるでしょ。なにが言いたいんですか! そんなにあいつを犯人にしたいんですか!」

「ぼくは真実が知りたいだけです」

部屋を飛び出した薫には、右京のそのことばは耳に入っているかどうか疑わしかった。

半分ののしるように言い残して特命係の部屋から飛び出したものの、右京の推理と典子の証言を合わせて考えてみると、浅倉に対しての疑念は強まるばかりだった。

薫はとてもストレートな性格だった。心中の考えを隠したまま、うわべだけの行動を取り繕うなんて小器用なまねはできなかった。ましてや親友相手に二枚舌をふるおうとは思わない。こんな場合は、面と向かって直接確認するに限る。薫は東京地検の浅倉の元へ出向いた。

「おれを見たって言うのか、その娘は？」

事情を説明すると、浅倉が目を剝いた。寝不足のせいか、その目は充血している。

「ああ、学校帰りだというから、それが正しければ夕方の六時過ぎ頃になるわけだが」

鎌をかけるように情報を小出しにし、友人の顔色をうかがう。

「見間違いだろう。おれはたしかにあの夜あそこに行ったよ。でもそれは検視のためで、もっと遅い時間だ」

「そうだよな、信じていいよな？」

「当たり前だ」

浅倉はすかさずそう答えたが、声に力がこもっていないように感じられた。それが憔悴のせいなのかどうか、判然としない。

「特命係なんて窓際に埋もれさせておくには惜しいな」

「え？」

「おまえじゃないぞ。杉下右京だ。彼の洞察力と粘りは素晴らしい。賞賛に値する。しかし、今回の一件に関しては、おまえの言うように推理ゲームにとらわれすぎた。物語としたら、非常に面白いけどな」

ようやく浅倉が笑った。親友の余裕のある受け答えに接して、薫はほっとした。

ちょうどその頃、杉下右京は少し憂鬱な気分になっていた。

これでまた部下を失ってしまったかもしれない。七人目の部下の亀山薫とは、過去の六人とは違ってうまくやっていけそうな気がしたのだが、これでもうおしまいだろう。右京は自分の不器用さを笑った。

そのとき郵便物を持った婦人警官が右京を訪ねてきた。小包が届いたようだった。差出人の名前を見て、右京は仰天した。

市村麻衣子からの郵便小包だったのだ。


マンションに帰った薫は、部屋に明かりがついていないので胸騒ぎがしていた。

美和子が仕事で遅くなるというのは事前に聞いていたので問題ない。しかし、もうとうに典子が帰っているはずの時間だったのだ。確認のために〈花の里〉に電話したところ、女将のたまきからは、いつもの時間に帰ったという返答だった。

「あの非行少女、小銭を手に入れたもんで、どっかで遊んでいるのか?」

薫が自分を納得させるように独白したとき、薫の携帯電話が鳴った。ディスプレイの表示はテンコとなっている。今宮典子の携帯からだった。以前教えた電話番号がこんなときに役立った。

薫は携帯を耳に当てると、

「もしもし、典子だろ？　どこほっつき歩いてるんだ。バックレてんじゃないぞ」

そう言って返事を待ったが、応答がない。おかしいと思って耳をすませると、遠くからかすかに男の声が聞こえてきた。

九

芝浦の埠頭に巨大な倉庫が立ち並ぶ一画がある。昼間こそ荷物の搬送で、コンテナを抱えたフォークリフトやトラックが騒々しく行き交っているが、夜ともなるとうって変わって静寂に包まれる。近隣に住宅地もないため、まさに人っ子ひとりいない沈黙の街となってしまうのだ。

倉庫街の中に、ある運送会社が倒産したためにそのまま放置された廃倉庫があった。廃墟は積年の風雨で傷み、窓ガラスの一部は割れ、屋根のトタンは脈打ち裏返っている箇所もある。雨漏りがするのか、コンクリートうちっ放しのだだっ広い空間にはところどころ水溜りがあって、ドブネズミに飲み水を提供していた。いくつか置き去りにされた機械類はどれも錆びついてしまっており、いまやコンセントを入れても動きはしないだろう。

その廃墟の中に一組の男女がいた。若い女性と三十歳代の男性である。廃墟と化した倉庫は、ときとして男女に逢引の場を提供していたが、このふたりの場合は事情が違うようだった。

女性の口には猿轡《さるぐつわ》がはめられ、うしろに回された両手はロープできつく縛られていた。同様に足首も縛り上げられており、身動きがとれない。男のほうは鋭利なナイフを握りしめると、いたぶるような目で床に転がった女性を見下ろした。残忍な笑みが頰に浮かぶ。

女性はなんとか手首を回して自分のバッグを探り、携帯電話を取り上げた。頭の中で記憶していた番号を指の感触だけでダイヤルして発信する。しかし、目の前の男に気づかれるわけにはいかない。携帯電話をうしろ手にしたまま、運命に身を委ねる。

そのとき男がしゃべりはじめた。

「きみは取り返しのつかない罪を犯したんだよ」

薫は耳を疑った。携帯電話から一方的に流れてくる内容を信じたくなかった。

——きみは取り返しのつかない罪を犯したんだよ。自分がなにをしたのか、よく思い出してごらん。

明らかにようすがおかしい。続きを待っていると、次の台詞でその声の主が確実に誰だかわかった。

——今宮典子くん、亀山から聞いたんだけど、きみは身体を売ったんだってね。ぼくはそんな女は嫌いなんだ。

話しているのは浅倉禄郎らしい。典子の声がいっさい聞こえてこないのは、自由を拘束されているからではないだろうか。

——ぼくにははっきり見えているよ。きみのその淫らな肉体に巣喰う汚れた魂が。救いようのない魂がね。きみがどんなにその正体を隠そうとしたって無駄だ。ぼくにはちゃんと見えているんだから。仮面の下に隠されたおぞましい素顔が。正視に堪えない破廉恥な素顔がね。

携帯電話の向こうの浅倉はもはや正常とは思えなかった。すぐに典子を助け出さないと、彼女も殺されてしまう。この瞬間、薫は親友の殺意を確信した。

そのとき、部屋の電話が鳴った。携帯は繋いだままで、受話器をとる。電話は右京からだった。

「ああ、帰ってましたか。携帯が繋がらないので、一応こちらにかけてみましたが」

「あ、すみません。ちょっといま……いや、今宮典子が……」

薫の口調にただならぬものを感じたらしく、右京が訊いた。

「どうしたんです?」

「いなくなって。浅倉と一緒みたいで、ようすが変なんです」

右京が強い口調で聞き返した。

「それは間違いありませんか！」

「たぶん。だけど、どこにいるのか……」

「それならば、芝浦かもしれません。とにかく大至急向かってください。これは賭けです。しかし、一刻を争います。いいですか、住所を言いますよ……」

読み上げられた住所をメモした薫は、ともかくここは右京を信じるしかないと思った。右京がなぜこの場所を指示したのかもわからない。でも、彼ならではの推理を働かせたに違いない。一分後、薫は愛車のエンジンをかけていた。

目的地に向かいながらも、携帯電話は繋いだままにしていた。相変わらず、なにかに取り憑かれたような、浅倉の声が聞こえてくる。

——犯した罪の重大さに気づこうともせず、だから償おうなんて気持ちはこれっぽっちもない。きみは哀れで愚かな女だよ。

声はたしかに浅倉のものである。しかし、しゃべっているのは薫の知っている浅倉ではなかった。怪物が、薫の知らない怪物が親友に憑依している。

——けれど、同情の余地はない。ぼくはきみに罰を与えなければならない。その罪に見合うだけの罰をね。

もはや浅倉は検事ではなく、裁判官になっていた。自分の価値観だけで罪を裁く、身勝手な裁判官に。残された時間はあまりない。せめて判決文がとても長く、読み上げるのに時間がかかることを、薫としては願うしかなかった。

倉庫の床に手足を縛られて転がされ、今宮典子は恐怖に脅えていた。〈花の里〉でのバイトの帰りに、この男に捕まり、ここへ連れてこられたのだ。

この男が連続殺人犯だということは間違いなかった。そしてなぜか、亀山薫の友人だということも。おそらく過去五人の犠牲者の血を吸ったであろうナイフが、典子の目の前で鈍い光を放っている。

男はまるで自分の弁舌に酔っているかのように、先ほどからわけのわからないことを話し続けている。ずいぶん前に、典子はうしろ手で携帯電話を扱い、薫に電話をかけたのだが、気づいてくれただろうか。この男の長広舌が終わる前に、助けに駆けつけてくれるだろうか。

「いいかい？　女が身体を売る罪はとても重いんだよ。きみが考えている以上にずっとずっと重い。だけど、後悔したって遅い。犯した罪は死をもって償うしかないからね」

極限状態に置かれたうえに同じようなことを何度も何度も聞かされて、典子は気が変になりそうだった。大声で男を罵倒することができれば少しは精神のバランスがとれそうなのに、猿轡が邪魔になって、その希望はかなわない。涙がとめどなく流れてくる。

「ぼくの母もね、娼婦だったんだよ。ぼくは誰の子かもわからない子どもだった。ずいぶんいじめられたよ。ぼくは母を憎んだ。殺したいほどにね」

男はそこでことばを一旦とめた。そして薄笑いを浮かべて、続けた。

「そして、殺しちゃった」

典子の背筋が凍った。冗談のような口ぶりで言われただけに、かえって真実味が感じられた。

この男は完全に、頭がおかしい。


薫はようやく目的地の倉庫に到着し、車を降りた。入口を探して周囲を見回しながら、携帯電話を耳に当てる。

浅倉の告発はいまも続いている。

——ほんとだよ。車のブレーキにちょっといたずらしたんだ。母は山道のカーブを曲がりきれずに谷底へ真っ逆さま。即死だったよ。もちろん、単なる事故として処理された。ぼくは見事に母を殺したんだ。

入口が見つかったが、内側から鍵がかかっているらしく、押しても引いてもびくともしない。薫は割れた窓ガラスのひとつに手を突っ込んで錠をはずした。そして窓を開けると、窓枠に手をかけ、するりと倉庫の中へ忍び込んだ。

——ぼくの母が死をもって罪を償ったのに、他の娼婦どもがのうのうと生きていいと思うかい？　そんな法はない！

浅倉の声が突如大きくなった。まずい、興奮しているようだ。一刻も早く典子を救わねば。

薫はコンクリートむき出しの広く殺風景な倉庫の中をひた走りに走った。ところどころ壁や柱がぶっきらぼうに突っ立っているが、ほとんど空っぽなので、走りながら捜すのには都合がいい。

やみくもに走っているうちに、ついにふたりの姿を見つけた。間に合ったのだ！

一瞬、どう対応するか迷う。典子は手足を縛り上げられ、口には猿轡をかまされて、コンクリートの柱を背にして座らされている。その前に、ナイフを持った浅倉が迫っている。へたに飛び出して、典子が負傷してしまったら元も子もない。

浅倉の地声がここまで届くようになった。

「苦しませたりしないよ、ほんの一瞬だ」

なにかに取り憑かれた親友がナイフを持った右腕を振り上げた。恐怖に脅えきった典子がいやいやをしている。

もう躊躇している場合ではない。薫はふたりの前に飛び出していった。

「待て、浅倉っ！」

ここで邪魔が入るとは思っていなかったのだろう。浅倉はしばしなにが起こったのか理解できないようだった。しかし、闖入者が誰であるかを認識すると、振り上げたナイフの刃を光らせて、そのまま薫に襲いかかった。

薫は浅倉の動きを読んでいた。向こうは法学部一の秀才だったが、こっちはスポーツ特待生だったのだ。運動神経だけは、負けていない。身軽に攻撃をよけると、右腕を締め上げ、ナイフを床に捨てさせた。

これでお互い丸腰である。遠慮はいらない。

薫は激情に駆られていた。浅倉と組み合うと、右膝で思いきり蹴り上げる。膝がみぞおちに入り、浅倉はあえなく床に転がった。そのまま床に組み敷き、浅倉の頬を殴りつける。胸倉をつかんで、上体を浮かせ、殴る、殴る、殴る！

この間、浅倉は無抵抗だった。殴り疲れた薫は友を突き放した。

「……冗談だよ」

浅倉がぽつんと言った。唇が切れて血が流れているが、薄笑いを浮かべている。

「なんだと？」

「ちょっと脅かしただけだ」

あれだけ殴られたのに目は爛々と輝いている。その瞳は狂気の光を宿していた。

「ふざけるなっ！」

　薫が再び胸倉をつかむ。すると、浅倉が笑いはじめた。不気味な哄笑ががらんどうの倉庫に響く。

「おまえにおれが逮捕できるか？　罪状はなんだ？　殺人未遂か？　しかし、おれは徹底的に殺意を否認するぞ。うまくすれば、逮捕監禁と脅迫、その程度に持ち込めるかもしれない。どうだ？」

　薫が相手にしているのは、もはや浅倉禄郎ではなかった。浅倉の皮をかぶった化け物。得体の知れない怪物が浅倉に乗り移ったとしか考えられない。

「おまえ、本当に浅倉か？　おれの知っている浅倉なのか？」

　怪物が目を見開いて臆面もなく答える。

「そうさ、大学時代の仲よしの浅倉だよ。一緒の寮でよく遊んだ浅倉だよ」

　薫は空恐ろしくなってきた。生身の人間相手なら負けるつもりはないが、相手にしているのが化け物となれば自信はない。

「おれを殺人犯で捕まえたければ、証拠を持ってこい！」

　化け物がそう叫んだ。勢いに押されて薫の手が緩み、浅倉が上体を起こした。

　そのとき——。

「浅倉さん、おっしゃりたいことはそれだけですか？」

よく通る落ち着いた声が響き渡った。薫が振り返ると、暗闇の中から右京が真っ直ぐこちらに向かって歩いてきた。

「間に合ったようですね。よかった。浅倉さん、お望みの証拠をお持ちしましたよ」

「なに？」

右京は、手に持った袋からなにやら布製のものを取り出した。広げるとスカートだとわかった。血痕が付着している。よく見るとそれは指紋のようだった。

「市村さんからぼくのところへ届きました」

「麻衣子から？」

浅倉は納得のいかないようすだった。いましがたまでの異様な迫力は感じられない。

「鑑識で調べたところ、この血は五人目の被害者の中村江美子さんのもの。そしてこの指紋は、浅倉さん、あなたのものです。照合しました」

「嘘だ！」

浅倉は取り出された証拠物を認めたくないらしく、激しく否定した。

「いいえ、本当です」

「そんなものがここにあるはずがない！」

「なぜですか？」

「なぜって、それはおれが……」

そう言いかけて、浅倉はしまったという顔になった。みずからの証拠隠滅工作を認めようとしたのだ。それに気づいた右京はにやりと笑った。

「もし処分したのならば、おそらくそれは市村さんがこしらえた偽物だったんじゃないですか。これは、あなたの暴走を止めるための唯一の証拠品です。命懸けで守らなければならない大切なものです。彼女なら、きっとそうしたでしょう」

「偽物？　麻衣子はおれを騙したのか？」

亡き恋人を憎み、浅倉の目に怒りの炎が浮かんだ。

「そうじゃありません！　愛したんですっ」

麻衣子の気持ちを代弁する右京の感情が高ぶった。ふだんのもったいぶった口調からは想像できないほどの大声で、浅倉を諭す。

「きみを愛したからこそ、彼女はそうしたんです。愛する者の暴走を止めるために、彼女にはそうするしかなかったんです。違いますか？」

「いったい、どういうことなんですか？　おれにはよくわかりません」

典子の拘束を解いたあと、ふたりのやりとりを黙って聞いていた薫が、口をはさんだ。右京の興奮はすでに冷めていた。

「浅倉さんから語ってもらいましょう。もう、すべてをお話しいただけますね？」

浅倉は遠くを見つめるようなうつろな目をして、自らが引き起こした事件について語りはじめた。

「中村江美子と待ち合わせをしていた場面を、偶然麻衣子に見られてしまったらしい。嫉妬に駆られたのか、不審を覚えたのか知らないが、麻衣子はおれを追跡した。そして、この倉庫を突き止めた。そのまま見張っていたんだとさ。おれはここで女を殺し、遺体を寝袋に入れて、車のトランクまで運んだ。麻衣子はそれを目撃したようだ。入るときは女とふたりなのに、出るときはおれひとりだから驚いたはずだ。それまではここを情事の場所だと思っていたに違いないが、なにかおぞましい秘密の場所だと気づいたのだろう」

「ここが五件の連続殺人事件の殺害現場だったのか?」

薫が問うと、右京が答えた。

「そのようですね。市村さんから、スカートと一緒にこの場所の地図が送られてきました。だからきみに住所を教えることができたのです」

浅倉が自供を続ける。

「おれは例の雑木林まで寝袋を運び、遺体を取り出すと、その場に放置した。そのあと麻衣子が遺体を見つけ、スカートの事後工作をしたわけだ。もちろん、そんなことになっていようとは、おれは知らなかった。だからスカートのサイズが合っていないと、杉下さん、あなたから指摘されたときには、本気で驚きましたよ。なにが起こっているのか、おれにもわからなかったからね。そのあとで麻衣子の部屋を訪れたとき、彼女は血のついたスカートを持ち出した。そして、おれに自首を迫ったんだ。いま考えたら、それも彼女の作った偽物だったわけだが、おれは逆上した。そして、自首するからと安心させて、おれの常備薬の精神安定剤を酒に混ぜて……」

「眠らせたうえで、車を海に落としたのですね。自殺に見せかけて。こうして、五人の売春容疑者ばかりでなく、愛する女性まで、あなたは殺してしまった」

右京が断罪したとき、薫の目尻には透明な液体が溜まっていた。

「ほんとなのか、浅倉？　いまからでもいい、嘘だって言ってくれ」

「愛した女を殺したのは、ふたり目だ」

薫は突然の告白に頭を整理できないでいた。憑き物が取れたようにぐったりとうなだれた浅倉の目が次第に異様な熱を帯び、胸に溜まった汚物を吐き出すようにことばをつむいだ。

「あいつも、婚約したあいつも娼婦だったんだよ。陰で身体を売るような女だった。だから、結婚する前に殺したんだ。自殺に見せかけてね。なんの因果か知らないが、愛した女がお袋みたいな女だった。それ以来ですよ、仮面を被った娼婦どもを殺すようになったのは」

そこまで一気に語ると、浅倉はがっくりと膝を折り、まるで右京に懺悔するかのように、低くか細い声で呟いた。

「生きていれば、また殺します。生きている限り、おれはあいつらを殺すでしょう」

脱け殻のように床にくずおれた浅倉に、右京がいつになく優しく声をかけた。

「心配しなくていい。もう終わりですよ。もう誰も殺すことはありません」

「ありがとう」

殺人鬼・浅倉の目から涙があふれた。

十

亀山薫は暇をもてあましていた。

することがないので、マッチ棒で塔を組み上げていた。そこへ、角田がやってきた。また、軽い調子で「暇か?」と訊かれるに違いないと身構えていると、予想外の緊張した声が聞こえた。

「内村部長と中園参事官がお見えだ!」

「え?」

特命係の入口に、刑事部のナンバー1とナンバー2の姿がある。こんなことは前代未聞だ。

右京がさっと直立したので、薫もそれにならった。立ち上がる際に机にぶつかったため、積み上げた塔が倒れた。

内村はそれを見咎めるようにめくばせをくれると、

「杉下警部、今回はきみの活躍で未曾有の凶悪犯を検挙することができた。警視総監賞どころの騒ぎではないと思う」

浅倉を凶悪犯呼ばわりされて、薫が不満を漏らした。

「別に、そんなのを欲しくてやったわけじゃないですから」

「誰がやると言った。話は最後まで聞け」

中園が諭すと、内村が話を引き取り、厳かに言い渡す。

「犯人検挙の功績は事実として認めよう。しかし、警察は組織だ。スタンドプレイヤーなどいらん。それを認めれば組織が組織として機能しなくなる。今後は二度と勝手な行動をしないように」

「はっ！」

「われわれは特命係になどなにも期待していない。それだけだ」

言いたいことだけ言うと、刑事部の大御所ふたりは足早に去っていった。

後姿を見送りながら、薫が囁いた。

「右京さん、でもちょっと残念でしたね、警視総監賞」

「そんなものいりませんよ。それよりもきみはいつからぼくのことをファーストネームで呼ぶようになったのですか？」

「あ、すみません。つい、同志のように感じて」

「そうですか。同志、ですか……」右京が嬉しそうに微笑んだ。「あ、そうそう、その
マッチの塔の建築、ぼくも手伝いましょう」

右京が照れを隠すように慌てて付け加えたのが、薫には愉快だった。

第三話
「神々の巣窟」

一

亀山薫は自宅でテレビを眺めていた。

府中の化学薬品工場で大規模な爆発事故が起こったらしい。テレビカメラはいまも炎と黒煙に包まれた工場を映し出していた。地獄図のような光景をバックに、多くの人間がカメラフレームの中を右へ左へと慌ただしく移動していた。消火活動と負傷者の救出に当たる消防隊員、事件の捜査をはじめた警察官、それにたくさんの報道陣。現場はごった返していた。

恋人の帝都新聞社会部の記者、奥寺美和子もいま頃現場に駆けつけて、取材に当たっているのだろうか。事件記者は大変だ、と薫は思う。フットワーク軽くどこへでも駆けつけていって、記事を物にしなければならないのだから。ろくに仕事がなくきょうも定時でひけてきた自分とは大違いだ。ひとりリビングでコーヒーを飲みながら、薫はのんきに寛いでいた。

画面が切り替わった。帝国医科大学付属病院のようすを中継している。大きな総合病院で、けが人はこちらに運び込まれているようだった。病院の中も混乱を極めているようすだ。

「化学薬品工場爆発事故の負傷者が、先ほどから続々と運び込まれてきています」

女性レポーターの声が興奮で少しうわずっている。

救急車が次々に到着し、ストレッチャーが降ろされている。救急隊員の手によって救急病棟の外来玄関口へと運ばれていく。

「あ、また新たにひとり、運ばれてきたようです」

レポーターが声を張り上げると、カメラがそのストレッチャーをとらえた。そこに横たわっている男の顔を見て、薫は思わずコーヒーを噴き出した。

「爆発炎上した工場は三交代制勤務だったため、事故当時、二百人以上の作業員が働いていたといいます。今後もまだ多くのけが人が運ばれることが予想され……」

(――右京さん、なんで?)

杉下右京の載ったストレッチャーは病院の中へ運ばれていった。

(爆発に巻き込まれた?)

わけもわからずマンションを飛び出した薫は、奥寺美和子と〈花の里〉の女将宮部たまきに連絡すると、帝国医科大学付属病院へ急いだ。

亀山薫は大笑いしていた。

場所は右京が入院している外科病棟の病室である。爆発現場から急行した美和子は薫よりも先に着いており、困惑しながら薫と右京を眺めている。

「なんだ、盲腸だったんですか。てっきり爆発事故に巻き込まれたのかと思って。いやいや、腹が痛い」

まだ笑い足りないようすの薫が腹を抱えた。見かねた美和子がたしなめる。

「お腹が痛いのは右京さんでしょ」

薫は笑いをこらえようと口をつぐむが、それでも腹の底からおかしさがこみ上げてきて、堪らない。

「ぼくが盲腸だとそんなにおかしいですか」

ベッドに寝たままの右京が不機嫌そうに言った。

「いや、おかしくはありません。ただ心配しすぎた反動で……」

口を開いたせいで、せっかくこらえていた笑いが再び爆発した。薫がひとりで爆笑しているると、美和子が肘でつついた。

「お加減はどうですか？」

「いささかなりともお腹を切られてますからねえ、決して良好とはいえません」

大まじめな顔で右京が答えた。いつもかけているメタルフレームの眼鏡がなく、心持ちやつれたような印象を受ける。

そこへ、不安な顔をしたたまきが駆け込んできた。こんなときでも和服なんだ、と薫はどうでもよい感心をした。ともかく右京から少しでも目をそらしていないと、また笑ってしまいそうなのだ。

「大丈夫ですか？　どうしたんですか？」

心配そうに右京に訊くたまきに、薫が答える。

「盲腸なんですって」

「盲腸？」

「まったく人騒がせですよね」と言いながら、また笑いそうになった薫に、右京が恨めしげな目を向ける。

「きみが一番騒いでいるように見えますがね」

「すみません」薫は頭を下げ、話題を変えた。「でも、豪勢ですよね、個室なんて」

「ほかに部屋が空いてないそうです」

「ああ、なるほど。あの事故じゃ大部屋もいっぱいでしょうね。しかし、個室ともなると、お高いでしょう？」

失言を繰り返す恋人を見かねて、美和子が口をはさむ。

「ちょっと、薫ちゃん。静かにして」

それでも薫はひとり陽気に窓辺へ移動し、外の景色を楽しんだ。

「うわあ、さすがに眺めはいいな」

そのときである。窓ガラスの向こうを大きな物体が落下していった。

「見た？」

薫の口調がいきなり真剣味を帯びた。自分が目撃したものがあまりに意外で、他人のことばで確かめないと信じられないのである。それは右京の冷静なひと言で確認された。

「眼鏡がないので少し自信がありませんが、ぼくの目に狂いがなければ、人ですね」

「やだ！」

たまきが叫ぶ。薫は急いで窓を開け、ベランダに出た。そして下をのぞき込む。背広姿の男がはいつくばるような形で倒れているのが目に入った。

「たしかに、人です。男です」

薫が病室に戻って報告すると、右京がベッドから上体を起こした。

「物騒な病院ですねえ」

二

薫は一階におりて、男が墜落した中庭へと急いだ。事件には目がない美和子もあとに続く。中庭にはすでに数人の医師や看護師、患者たちが集まり、男を遠巻きにしていた。薫は自分が刑事であると名乗り、さっそく初動捜査をはじめた。

男はすでに絶命していた。背広のポケットを探ると、身分証明証が出てきた。「帝国

医科大学付属病院　第一外科　今井貞一」とある。手近なところにいた医師を手招きして、遺体の身許を確認したところ、男は今井で間違いないという返事だった。

美和子が携帯していたデジカメで写真を撮っていると、パトカーがサイレンを流しながら病院の敷地に集まってきた。所轄の府中南署の刑事たちである。

若い刑事が駆け寄ってきた。

「こら、そんなところでなにをやってるんですか？」

もうひとりの中年刑事は美和子を見とがめた。

「写真なんか撮っちゃだめだ。ほら、邪魔だ。なんだ、きみたちは」

薫が「ごくろうさん」とねぎらいの声をかけながら、警察手帳を掲げる。本庁の身分証はこの世界では圧倒的な力を持っている。明らかに薫よりも年上の中年刑事もすぐに従順な態度に変わった。

「どうやらここの先生みたいだね。はい、これ、あげる」

薫は遺体のポケットから押収した財布と身分証明証を若い刑事に渡した。

井上と名乗った中年刑事が納得いかなそうに、

「しかし、本庁の方がどうして、また」

「たまたまここにいあわせてね。あそこから落ちたみたいなんだ。一緒に上がってみよう」

屋上はずいぶん高かった。

「高いですね、ここ」

若い刑事が正直な感想を述べた。薫は苦笑しながら、

「誤って落ちたとは、考えづらいよな。争った形跡もないし、誰かに突き落とされたっていうわけじゃないよな」

「自殺でしょうか」

井上刑事が言った。


ノックの音がして、右京の病室のドアが開いた。執刀医の鴻野麻奈美、まだ三十歳前の若手の女医だった。意志の強そうな目にすらっと通った鼻、形のよい唇が小ぶりな顔にバランスよく収まった美人である。職業柄化粧っ気には乏しいものの、ショートにまとめた髪は清潔な白衣と調和がとれており、大人のたまきの審美眼からしても好感が持てた。

「ご気分はどうですか?」

麻奈美が患者の容態を気遣った。

「おかげさまで」

右京が軽く微笑むと、たまきが立ち上がって礼をした。

「先生、ありがとうございました」

「いいえ。それじゃあ」

術後の経過はとりあえず順調らしいと見て取った女医が立ち去ろうとするところを、右京が引きとめた。

「先生、ずいぶん下が騒々しいようですね」

「ええ」

麻奈美の顔が曇る。

「どなたか落ちてきたようで」

「うちの医局の助教授です。お騒がせして、申し訳ありません」

医者と患者がそんな会話を交わしているところへ、薫と美和子が戻ってきた。病室に見知らぬ美女がいるので驚いたようすの薫に、右京が説明する。

「こちらはぼくの手術をしてくださった先生です」

「ああ、そうですか。どうもお世話になりました。珍しいでしょ、この歳で盲腸なんて。まったまた、よりにもよって大事故で忙しいさなか、担ぎ込まれることないのにねえ。まったく間が悪いっちゅうか、なんちゅうか、もう。いや、ほんと、ご迷惑おかけしました」

美人を見るとついことばが止まらなくなる薫である。

右京がたしなめるように、

「亀山くん、それで下はどんなようすでしたか？」

薫は本来の用件を思い出した。

「ああ、そうでした。亡くなったのは、どうやらここの先生みたいですよ」

「外科の助教授だそうですよ」右京が先ほど仕入れたばかりの情報を伝え、さらに麻奈美に質問した。「差し支えなければ、助教授のお名前を」

「今井です。今井貞一」

「そうそう、その今井先生。どうやら、屋上から飛び降りたようですよ」

「飛び降りた、ということは自殺ですか？」

右京が薫のことばを慎重に吟味すると、薫は気楽に言った。

「九分九厘そうでしょうね」

疑い深い右京はその安請け合いが気に食わない。

「残りの一厘は？」

「いや、まあ、ことばの綾ですかね。限りなく、自殺という線が濃厚ですよ」

右京が女医に問いかけた。

「今井助教授には、なにか自殺をするような理由があったんでしょうか？」

「さあ、どうでしょう。だけど、おふたり、なんか刑事さんみたい」

右京と薫のやりとりを興味津々に眺めていた麻奈美がそう答えると、薫がにっこりした。

「すいませんね。みたいじゃなくて、刑事なもんで」

「あっ、そうなんですか」

麻奈美は意表をつかれたようだった。口を小さく開けたまま薫を見つめる。礼儀正しい患者のほうはまだしも、フライトジャケットにワークパンツというこのラフな恰好の男が刑事だとは、よほど意外だったようだ。

そのときノックの音がして、こちらはひと目で刑事とわかる男が顔をのぞかせた。

「失礼します。府中南署の井上です」

「お、どうした？」

薫が気安く問いかけた。

「一応報告なんですけど、遺書が見つかりました」

「遺書？」

「はい、今井助教授の机の引き出しから出てきました。お持ちしました」

井上が緊張しながら「これです」と言って、ビニール袋に入れた一枚の紙切れを差し出した。薫はそれを受け取って、右京に見せながら読みあげた。

「なになに……『医師としての限界を感じた。さようなら。今井貞一』……なんだかずいぶんあっさりした遺書ですね」

「しかもワープロ打ちですか」

右京は不満げだったが、反対に薫は得意げだった。

「遺書が出た以上、これで残りの一厘も消えて、百パーセント自殺ですね」

三

特命係は組織図上、生活安全部の一部門であるものの、どちらかというと独立した遊軍のような部署だった。直轄するのは当然、生活安全部の部長であるはずだが、当人から直接声がかかることなどほとんどない。最近では、フロアを改修するので、一時的に階を移動しろという命令をもらったくらいのものだった。

おかげでいま、特命係は生活安全部から分断されて別のフロアにあった。新しい部屋は窓が狭いせいで、妙に薄暗い。これではまさに「陸の孤島」である。

この陸の孤島に訪れる人間はほとんどいなかったが、なぜか薬物対策課の課長、角田《かくた》六郎だけは、気軽に立ち寄っていく。薫がひとりで昨夜の帝国医科大学助教授の飛び降り自殺を報じた新聞を読んでいると、きょうもまた、黒縁眼鏡を光らせて、角田が入ってきた。

「暇か？」

「おかげさまで」

「おまえゆうべ、この飛び降り自殺の現場にいたんだってな」

どこで聞いたのか、角田が言った。

「ええ、そうなんですよ」

角田は薫から新聞を奪い取り、向かいの席に勝手に座って、記事を読みはじめた。

「自殺なんてなあ、もったいない。で、理由はなんだ?」

「医師としての限界を感じたらしいですけどね」

「限界かあ。おれなんかもう、しょっちゅう限界を感じてっけどな、あらゆることに」

嘆く角田を微笑ましく思いながら、薫は煙草に火をつけた。胸いっぱいに吸い込んだ煙を吐き出しながら、

「まあ一説には、離婚も原因じゃないかって」

「ふーん」

「いわゆる泥沼の離婚劇だったそうですよ。そんなこともあって、くたびれちゃったんですかねえ」

「おれなんか、しょっちゅうくたびれてるけど、それくらいじゃ、死のうとは思わねえな」

まるで自慢しているようである。

「暇なんですか?」

薫が率直な疑問をぶつけると、にべもない返事が返ってきた。

「いや。おまえほどじゃない」

「ですよね」

「それはそうと、盲腸なんだってな？」

角田が主のいない右京の席を指して言った。パソコンの置かれた大きな机の横には帽子掛けがあり、忘れられたようにシルクハットがひとつ掛かっていた。

「そうなんですよ、盲腸。おかしいでしょ」

「いや、別におかしくはねえけどさ」

「そうですか、おかしいけどな。だってあの顔で盲腸ですよ」

薫が上司の不幸を笑っていると、背後から聞き覚えのある声が聞こえてきた。

「特命係の亀山！」

特命係を見下したようにわざわざこんな呼び方をするのは、捜査一課の伊丹憲一くらいしかいない。売られた喧嘩は買うのが薫の主義だった。

「いいか、何度も言わせせんな。いちいち特命係ってつけるんじゃねえよ、ばかやろう」

「ふーん、これが新しい特命の部屋か。いや、捜した、捜した。相変わらず暗いな」

「なんか用かよ？」

伊丹はこの部屋に角田がいるのが気になったようだった。

「おはようございます。薬物対策課の課長が、なんで特命くんだりに？」

「くんだりはないだろうが」

薫は伊丹に詰め寄ったが、次のひと言で腰が砕けた。

「まあ、単なる暇つぶしってところかな」

「暇つぶしはひどすぎるでしょう」角田に抗議したあと、伊丹に向かって、「なんの用かって訊いてるんだよ」

「これは、なんのまねだよ？　検死報告書がおまえ宛てに届いた。ゆうべ飛び降り自殺したっていう医者のものだ」

厄介なことになった、と薫は顔をしかめた。

「捜査一課に届いたのか？」

「おまえ、まさか捜査一課の名前を騙《かた》ってんじゃねえだろうな？」

「ふざけた口を叩くな。そんなことするかよ！」

「だったらなんでこんなもんが、うちに届くんだ」

「向こうが勝手に勘違いしたんだろ。おれだって前まで捜査一課だったんだから」

「なんでそんなもんがいるんだよ？　自殺になにか不審点でもあるのか？」

「おまえには関係ねえよ」

「おいおい、これ自殺じゃねえのかよ」

角田が新聞記事を示して、薫に訊いた。

「いやあ、自殺でしょう。新聞に書いてあるんですから。ね」

「おまえにあれこれ訊いてもはじまらねえな」

伊丹が吐き捨てた。

「なんだと」

「どうせおまえは、使いっぱしりだからな。不審点に気づくとしても、おまえじゃなくて、あの変わり者の警部殿だろ。いいか、逆立ちしたって、おまえにはあの警部殿のまねはできねえぞ。わかってんのか？」

「誰もまねなんか……」

「杉下右京は人材の墓場、下に就いた者はことごとく警視庁を去る。上層部《うえ》は、おまえを捨てたくて、ここに移したことぐらい、その足りないおつむでもわかってんだろ。しょせんおまえは、捨てられた人間なんだよ。それを忘れるな！」

伊丹が憤然として部屋から出て行くと、すかさず角田が皮肉った。

「相変わらず仲がいいな、おまえら」

帝国医科大学付属病院の外科病棟の病室では、杉下右京が奥寺美和子に礼を述べていた。

「ご無理言って、申し訳なかったですね」

「いいえ、お安いご用です」

薫を通じて右京のことはそれなりに知っていたが、直接頼みごとをされたのは初めてだった。右京は美和子に、昨夜撮影した今井医師の遺体の写真を見せてくれるよう頼んだのだった。それを見せることになんの異存もなかった。

それにしても、聞きしに勝る好奇心だと思う。好奇心には美和子もかなり自信があったが、この特命係の変わり者ほどではない。手術した翌日だというのに、こうしていろいろと嗅ぎ回っているのだから恐れ入る。今井の死になにか不審点でもあるというのだろうか。

「たまきさんがね、ゆうべあなたが現場の写真を撮ってたはずだって言うものですから。彼女はずっとそこから見てましたから」

右京は眼鏡を取り上げると、レンズを拭きながら、ベランダのほうを示した。

「スクープになるかと本能的にシャッターを押してしまったんですけど、警察の人に叱られちゃいました。幸い薫ちゃんが一緒だったので、あたしも警視庁の人間と間違えられたみたいですけど」

右京のベッドの上にはノートパソコンが置かれていた。右京はそれを起動させながら、

「写真があると、ありがたい。亀山くんからひととおり現場の状況は聞きましたが、ど

うも要領を得ないものですからね」

「ああ、すいません、頼りなくて」

美和子はまるで自分が責められているような気分になってしまった。右京は美和子からメモリーカードを受け取ると、それをパソコンにセットした。

「便利になりましたねえ。こういうものに写真が収まってしまうんですから」右京はおもむろに眼鏡をかけてパソコンのディスプレイを見つめた。顔はそちらを向いたまま、

「亀山くんとは結婚しないんですか？」

「えっ、なんですか？　やぶから棒に」

「一緒に住んでるぐらいですから、結婚を前提としたお付き合いじゃないんですか？」

撮影された写真は四枚だった。うつ伏せで絶命した今井の全身が写っているものが二枚、上半身と下半身のアップがそれぞれ一枚ずつである。右京はそれを順番どおりつぶさに見ていった。

その間も美和子との会話は続いていた。

「気になります？」

「いや、ぼくは特に気になりませんけど、たまきさんがね、しきりに気にしていました」

「たまきさんが？」

「似合いのカップルなのに、どうして一緒にならないんだろうって」

「そうですか？　似合っていますかね、あたしたち。でも、あんまり長く付き合うのも、考えものですよね。こう、なんていうか、新鮮味が足りないっていうか、ほら、きっかけを失っちゃうっていうんですかね……」

美和子がふと目を上げると、右京はパソコンの画面を真剣に見つめているところだった。

「どうかしました？」

「ちぎれています」

「はい？」

「ズボンのベルト通しです」

右京は液晶画面が見やすいように、パソコンの向きを美和子のほうへずらした。四枚目の下半身の写真の一部が拡大されていた。

「ほら、ここのところ」右京が今井の腰の部分を指差した。「ぴょんと跳ね上がったようになっているでしょう。ちぎれてますね」

「ああ、ほんとだ」

「なんででしょう？」

美和子は首を傾げるしかなかった。ふたりが写真を見ていると、タイミングよく薫がやってきた。

「おはようございます。あれ、なにやってんだ、おまえ？」

「おはようございます」と、右京。

「ゆうべの写真をね」と、美和子。

「写真？　ああ、これか」

薫もパソコンをのぞき込んだ。

「また、笑いに来たんですか？」

右京が呆れたように言うと、薫が申し訳なさそうにポケットから書類を取り出した。

「きのうは失礼しました。きょうはこれを持ってきました」

「あ、今井助教授の検死報告書ですか。これはありがたい」右京はすぐにざっと目を通した。「睡眠薬が検出されていますすね」

「やっぱり気になりました？　おれも気になりました。微量ながら検出されたみたいですね。検死報告で気になるところというと、それだけです」

「この点について、所轄署は調べなかったんでしょうかね？」

「でしょ。おれもそう思いました。だとすると、ちょっと杜撰《ずさん》ですからね。所轄に問い合わせてみました」

右京が少し驚いたような顔になる。

「きみにしては、手回しがいいですね。で、結果は？」

薫はもったいぶった口調で、

「それがですね、今井助教授は睡眠薬を常用していたらしいんですよ」

「どうして？」

美和子が口をとがらせる。

「不眠症だったんだって」薫は美和子をなだめるように言うと、右京に向かって、「ずいぶん神経質な人だったらしいですよ。離婚やなんやかやで、眠れなかったんでしょう。とまあ、そういうわけで、微量の睡眠薬も不自然ではない。やっぱり素直に自殺ですね」

右京がその薫の台詞を聞きとがめた。

「いま、なんて言いました？」

「え、やっぱり素直に自殺ですね、と」

「いや、その前です」

「その前？　えっ、なんつったっけ、おれ？」

薫が美和子に助けを求めると、すぐに答えが返ってきた。

「神経質、ですか？」

「それです」右京の目が輝く。「神経質な人が、こんなズボン平気で履いたりしますかね？」

「あっ、そうか」

美和子も大きくうなずいた。ひとり話題に取り残された薫がぼやいた。

「こんなズボンって、なんですか？」

美和子が薫に今井助教授のズボンのベルト通しがちぎれていたことを、写真を見せながら説明した。それを聞いても、薫はいまひとつ納得できない思いだった。

「そんなの偶然じゃないんですか？」

「でもやっぱり、変だよ」右京ではなく美和子が言い募った。「だって今井助教授はきのう、学会で札幌に出発する予定だったっていうじゃない。よそ行きにあんなズボン履いていかないよね。神経質な人なら、なおさら」

「ま、そう言われりゃそうだけど……」

むくれる薫を見て、右京が微笑んだ。

四

翌日、亀山薫は府中南署を訪れた。今井の事件に関する捜査資料や遺留品などを借り受けに来たのだ。

自殺じゃないのでは、という右京の考えは正直深読みのしすぎだと感じていた。しかし、どのみち警視庁に登庁したところで、ほかにやる仕事もない。あの陰気な部屋にひとりでこもっているくらいなら、外で身体を動かしているほうが性に合っていた。

「これで全部かな？」

薫が確認すると、井上刑事が呆れたように言った。

「あれ、自殺じゃないんですか？」

「おれもそう思うけど、別の考えの人もいるんだ。ともかく調べてみるよ。それじゃあ、これ、ちょっと借りてくね」

「サインいいっすか」

若い刑事が貸出簿を差し出した。

「はい、ここね？」

薫が快諾して署名していると、不快な声が聞こえてきた。

「特命係の亀山！」

伊丹が所轄署に姿を現わしたのだった。

「なんだ、おまえ？　なにしに来たんだよ」

「それはこっちの台詞だ。これはなんだ？」

薫が借りようとした証拠品に、伊丹が目をつけた。

「関係ねえだろう、おまえ。よこせよ！」

突然の騒ぎに、署内が色めき立った。刑事や制服警官たちの視線が一斉にふたりに集まった。井上刑事が止めに入る。

「おい、おい、こら。なんだ、あんた」

「捜査一課の伊丹です」

伊丹が身分証を掲げると、井上が凍りついた。

「やばっ」

若い刑事が失態をおじる声が薫の耳にも届いた。同じ本庁の肩書でも、特命係と捜査一課では力が違う。所轄の署員の前では、特命係が勝てるはずもなかった。

「これ、借りていきますわ」

伊丹が証拠品を横柄に奪い取った。

「ご苦労さまです。こちらにサインをお願いします」

若い刑事は憧れに満ちた視線を注いでいる。ことば遣いまで、薫のときと違っている。

「亀山、おまえ少しは自分の立場をわきまえろ！　ちょこまか動くと、島流しぐらいじゃ、すまなくなるぞ」

帝国医科大学付属病院のカフェテラスで、亀山薫は憤慨していた。

府中南署での一件は思い出すだに腹立たしい。せっかく目をつけた事件に、捜査一課の伊丹がハイエナのように食いついてきたのだ。薫は事件性をそれほど確信していたわけではないので、捜査一課が調べてくれるというのなら、それもまんざら悪くはないかもしれない。

むしろ、ハイエナのくせにライオンの如くふるまう傲慢な態度が気に食わないのだ。所轄の署員たちの前で虚仮《こけ》にされた本庁の刑事ほどかっこ悪いものはない。

それよりも頭にくるのは、右京の態度だった。あのとりすました上司は、伊丹たちを放っておけと言うのだ。

自分でさんざん重箱の隅をつついておいて、ようやくなにか実のあるものが出てきそうになったというのに、あきらめきれるのだろうか。手柄を奪われて悔しくないんですか、と問いただしたときの右京の答えがふるっている。右京はこう言ったのだ。

――仮に手柄を立てたところで、われわれは評価されませんよ。手柄を立てて褒められたいというのであれば、きみはこの一件からおりたほうがいい。それこそ、徒労に終わりますからね。

「まったく、仙人みたいなこと、言うんじゃねえよ」

薫が不服そうにひとりごちていると、向こうから鴻野麻奈美がやってきた。美人の女医を認めて、薫の顔がぱっと輝く。

「また、お見舞いですか？　熱心ですね」

麻奈美は薫のテーブルまで近づき、気さくに話しかけてきた。

「そんな、のんきな状況じゃないんですよ」話のきっかけを作ろうと、薫が声を潜める。

「まだ、ここだけの話ですけどね、今井助教授の自殺はどうも怪しい」

「え、本当ですか？」

麻奈美は薫の前に着席した。うまく興味を惹きつけることができたようだ。

「例えばですけどね、今井助教授に恨みを抱いていたような人、いませんか？」

麻奈美は少し思案するような表情になり、

「恨みを持っている人を探すよりも、恨みを持っていない人を探すほうが大変かもしれません。わたしも大嫌いでした」

「えっ？」

予想もしない答えが返ってきたので、思わず薫はのけぞってしまった。

麻奈美が薫に顔を近づけた。

「ここだけの話にしておいてくださいね」


ベッドから起き上がれるようになった杉下右京はひとりでいろいろと調べ回っていた。トイレの行き帰りにナースステーションに立ち寄っては、看護師に雑談をしかけてみたり、長期入院患者と話し込んでは、院内の噂を聞き出してみたりした。散歩ついでに今井医師の墜落した場所にも行ってみたし、飛び降りたとされる屋上へものぼってみた。

そんな右京も回診のときばかりは病室でおとなしくしているほかはない。だが、これも右京にとっては情報収集のチャンスであった。

師長の大谷房子は大柄でがっしりした、信頼のおけそうなベテランだった。房子が体温を測りに来たので、さっそく鎌をかける。

「亡くなった今井助教授は、ずいぶん評判の悪い方ですね」

「え？」

「皆さん、いろいろとご不満をお持ちのようでしたよ」

「そんなことを訊いて回っていたんですか？」

房子があきれたように口に手を当てた。

「なに、散歩のついでです。師長さんは今井助教授のことをどうお感じになっていましたか？」

房子は右京の問いを完全に無視した。

「そんなに散歩ばかりなさっていたら、お腹がすいたでしょう？　でも、もう少し辛抱してくださいね。あさってには、重湯が出ますからね」

「では、太宰先生というお医者さんは、どんな方ですか？」

このくらいでめげる右京ではない。質問の矛先を変えた。

「はい？」

「今井先生と同じ、第一外科の助教授だそうで」

「立派なお医者さまですよ。うちの先生は、皆さん優秀です」

房子がぴしゃりと言う。

「太宰先生は、今井先生と教授の椅子を争ってらっしゃったとか？」

房子は特に顔色を変えるでもなく、「お大事に」と言って、部屋から出て行った。師長はなかなかの難敵だ、と右京は思った。


その頃、病院の玄関前で伊丹はある人物を待っていた。待ち人の名は太宰謙介、今井と教授の椅子を争っていたという人物だった。駐車場に車が入ってきて、短髪の芯の強そうな印象の男性が降りてきた。事前に写真で確認してきた目的の人物に違いない。

伊丹は近づくと、警視庁捜査一課の刑事であることを明かした。

「なにか用ですか？」

太宰が警戒するような目を向けた。

「今井助教授の件で、お話を。亡くなった今井先生と、教授選を争っていらっしゃったとか？」

不愉快な悪口でも耳にしたかのように、太宰は伊丹を振りきって研究棟へ急ぐ。

伊丹が追いかける。歩きながら太宰が渋面を作った。

「今井もおれも、次期教授候補であることはたしかだね」

「しかし、今井先生は亡くなった。つまり、教授選はずいぶん先生の有利になられた。違いますか？　ちなみにおとといの夜の八時頃、先生はどちらにいらっしゃいましたか？」

太宰は立ち止まると、病棟を仰ぎ見た。

「屋上だよ」

「なんですって？」

戸惑う伊丹の反応を楽しみながら、医師は屋上を指差した。

「あそこ」

「屋上でなにをしていたんですか？」

「今井を突き落としたんだよ……そんな答えでも期待していたんですか？　ばかばかしい。忙しいんだ、帰ってください」

そう言って、すたすたと先を急ぐ。からかわれたと知った伊丹が、顔色を変えた。

「先生！」

あとについて建物へ入ろうとする刑事を太宰が止めた。

「先生！」

「これが読めないんですか」

看板には『研究棟および付属病院への関係者以外の立ち入りを堅くお断りいたします』と書いてある。伊丹は苦虫を思いきり噛み潰した。

五

数日後、右京はめでたく退院できることになった。白いワイシャツにシックな色のネクタイ、折り目のついたズボンをサスペンダーで吊り下げるという、いつもの恰好に戻った右京は病室で荷物をまとめていた。

薫も手伝いに来たのだが、右京がひとりでてきぱきとやってしまうので、世間話をするくらいしかすることがなかった。

「太宰先生が今井先生を殺したっていう噂が、立っているみたいですね」

「それなら、ぼくも聞きました。教授選がらみの噂のようですよ」

片づけの手を休めずに右京が相づちを打った。

「太宰、今井両助教授は、次期教授候補だったそうですからね。まあ、ふたりは同期でライバル関係にあった」

「ライバルを亡き者に、という短絡的な発想ですか」

「今井先生が死んで、直接的な利益を受けるのは太宰先生ですからね。教授になれるのはたったひとり、なれなかった者は、よその病院へ行くか、開業するか、万年助教授のまま終わるか……そのあたりはお役所のエリートたちと一緒ですね。上へ行くほど同期がどんどん減っていく、まさにサバイバルゲームですよ」

かばんに私物を詰め終えた右京は、スーツの上着に手を通しながら、

「教授選が近くなると、妙な噂が飛び交ったり、怪文書なども出回るそうです」

「右京さんもいろいろ嗅ぎ回ったみたいですね」

「入院中は暇でしたから」

「ま、職場に復帰しても暇なのは一緒ですけど……しかし、よかったですね。しっかり屁が出て、めでたく退院。おめでとうございます」

薫がわざとらしく拍手をすると、右京もおどけて腰を折った。

「わざわざお立会いいただき、どうもありがとうございます」

ふたりが病室を出て廊下を歩いていると、白衣の一団がぞろぞろと歩いてきた。初老の姿勢のよい医師を先頭に、その数二十名ほど。なかには太宰助教授や、鴻野医師、大谷師長など、右京の見知った顔も散見された。大名行列とも揶揄される教授回診の光景である。白衣の集団の声なき行進は威圧的で、不気味ですらあった。

薫が素直な感想を述べた。

「教授回診ですか。話には聞いていましたが、近づきがたい感じですね」

「ええ」

殿様を見送る庶民のように、ふたりは脇によけて一団が通り過ぎるのを待った。ところが、この集団を止める者たちがいた。五、六人の屈強な男たちが、白衣の一団の行く手に立ちふさがったのだ。

「あれ、伊丹じゃないか？」

薫が指摘したように、男たちは捜査一課の刑事たちだった。足止めを食らった白衣の群れの中から、太宰が前に出た。

「なんだ、きみたちは？　無礼じゃないか！」

「それはお互いさまでしょう。私もね、虚仮にされたまま黙っているほど、できた人間じゃないもんで。ゆっくりお話、おうかがいできませんか？」

伊丹の目は太宰をじっととらえていた。

「見てのとおり、いまは回診中だ。出直してくれ」

なんとか事態を収拾させようと、太宰が申し出たが、刑事たちは一歩も動こうとしない。教授と思しき先頭の初老の男が、太宰に問いただす。

「誰なんだね、この連中は？」

助教授が答えあぐねていると、伊丹が警察手帳を開いて身分証を見せた。

「われわれは、こういうもんです」

「警察？」

教授はたちまち不機嫌な顔になる。そして、不満をぶつけるように太宰を睨んだ。

「太宰先生、ちょっとお話を聞きたいだけなんですよ。だめですかね？」

太宰としてもここでこれ以上手間取るのは避けたかった。

「わかった。あとでおれの部屋へ来てくれ。それでいいだろう」

「そうですか、ありがとうございます。最初からそういうふうに接していただければ、こんな大げさなまねをしなくてすんだんですがね。それじゃあ、あとでよろしく」

伊丹が勝ち誇ったように言い、道を譲ったので、教授回診は再開された。白衣の一団が醸し出す雰囲気は、最前よりもさらに重苦しくなっているように、薫には感じられた。

「なんて不細工なまねをしやがるんだ、あの野郎は。あれじゃ、まるでやくざですよね」

薫は同意を求めたつもりだったのに、右京から返ってきたのは違う答えだった。

「せっかくですから、われわれもあとで太宰先生の部屋へお邪魔しましょう」

「えっ？」

「ぼくも太宰先生のお話が聞きたかったんですよ。彼がアポを取ってくれたので、手間が省けました。そうと決まったら、病院をひと回りしましょうか。時間潰しも兼ねて」

好奇心旺盛な上司の気持ちを翻すことなど土台むりだと薫はわきまえていた。

「はい、そうしましょう」

ふたりが待合室に向かって歩いていくと、今度は小さな女の子が走ってきた。看護師が「ちえちゃん、待ちなさい」と呼びながら追いかけてくる。

ちえは薫の背後に回ると腰にしがみついた。「おじさん助けて」

すぐに追いついた看護師に薫が笑いながら訊いた。

「病院で鬼ごっこですか？」

「すみませんね。この子ったら、人騒がせで、変なことばっかり言いふらすものですから」

ちえがあっかんべえをしながら一人前に反論した。

「嘘じゃないわ。ちゃんと見たんだから。この間、屋上から落ちた先生は、本当は奥の部屋で死んでたのよ」

少女のひと言は右京の好奇心に火をつけた。看護師に了解を得て、少しの間カフェテラスでちえから話を聞くことにした。もともと話したくて仕方がなかったのだろう、七歳児のちえはフルーツパフェひとつですべてを教えてくれた。

爆発事故が起こった日も、ちえは病室から抜け出して救急病棟へようすを見にいった。救急車がたくさん来ていて病院中が大騒ぎだったので、いてもたってもいられなくなったのだ。しかし、ごった返す救急病棟に子どもの相手をしてくれる大人はいない。つまらなくなって病室に戻ろうとしたところ、途中でどこかからピーピーという音が聞こえてきた。音のする部屋へ入ってみると、明かりの消えた暗い処置室にストレッチャーがひとつ置いてあった。シーツをめくると、ストレッチャーに被せられたシーツの中が音の出所だとわかった。近づくと、今井先生が死んでいた。

パフェで口の周りをべちょべちょにしながら、ちえはそう語ったのだった。

「ピーピーという音というのはポケベルでしょうか?」

ちえを病室に送り届けたあと、ふたりはまたカフェテラスに戻って新しい情報の検討をしていた。

「ポケベルでしょうね。病院では携帯電話の使用が禁止されているので、医者たちはポケベルで連絡をとっていますから」

薫が身を乗り出し、声のトーンを落とした。

「実は言い忘れてたんですが、ポケベルに関してもうひとつ情報があるんですよ」

「なんです?」

うまく右京の興味を惹きつけたのを確信した薫が話しはじめる。

「きのう今井助教授のマンションを訪れてみたんですよ。住民に聞き込みをしていたら、面白い話が出てきたんですよ」

「それは?」

「あの爆発事故の夜の八時頃、今井助教授の部屋から不審人物が出てきたようなんですよ。しかも、ポケベルが鳴って、慌てたようすで飛び出していったって言うんですよ」

「今井助教授でないことは間違いないんですね？」

「ええ、目撃者によると、うしろ姿しか見ていないけれど、年齢はもっと若かったし、感じも全然違っていたそうです」

右京は額に手を当ててなにかを考えた。

「八時頃といえば、ちょうどぼくがここへ運ばれてきた時刻です。たしかにその頃救急病棟はてんてこ舞いでした。この病院のお医者さまのポケベルが鳴りまくっている最中でしたよ」

「ってことは、今井助教授の部屋から出てきた不審人物も、ここの医者ですか？」

「十分、考えられますね。そして同様に今井助教授のポケベルも鳴っていた。今井助教授は屋上から落ちる前、どこかの部屋で死んでいた」

薫が待ったをかける。

「そのとき死んでいたはずはないですよ。検死報告も見たでしょう？」

「七歳児の目には死んでいたように見えた……正確には、そういうことでしょうね」

薫は、右京の思わせぶりな言い方が気にかかった。

「死んでいたように？」

「つまり、眠っていた。いや、正確には、眠らされていた。九分九厘、殺しですね、これは」

「ちなみに、残りの一厘は？」

「言うまでもなく、ことばの綾ですよ」


「なんでおまえ、こんなとこにのこのこやって来てんだよ」

伊丹が太宰の部屋を訪れたとき、先客として特命係のふたりがいるのを見て、声を荒げた。しかし、直後に太宰がやってきたので、とりあえず怒りを収めるしかなかった。いまは身内の争いをしている場合ではない。

「遅くなってすまなかった」太宰は自分のデスクに向かい、椅子にどっかりと腰を下ろすと、刑事たちのほうへ向き直った。「訊きたいことがあったら、さっさと訊いてもらおうか。それほどゆっくりしている時間はないんだ」

あくまで主導権は自分がとると宣言するように、伊丹が口火を切る。

「われわれは、今井助教授の自殺に疑問を持っています。といって、事故だというわけではない。なにものかによって殺害された、そういう心証を持っているわけですよ」

太宰の返事は冷静だった。

「どんな心証を持とうと、きみたちの勝手だな」

「しかし病院内では、先生が今井助教授を殺したという噂が立っていますよ。火のないところに煙は立たないって言うじゃないですか」

「火のないところに煙が立つのが、教授選挙なんだよ」

「まあ、とにかくあの夜、先生がどこにいらっしゃったのか、まずはそれをお訊きしたいんですがね」

　太宰はしばし言いよどみ、

「パークビューホテルだ」

「ホテル？」

「女と一緒だ。言うまでもなく、愛人だ。ホテルに問い合わせてみればいい。なんなら、彼女の連絡先を教えようか。無論、このことは捜査上の秘密として扱ってもらうことが前提だがね」

　開き直ったような供述を聞き、伊丹が鼻白む。すると、すかさず右京が質問の矢を放った。

「八時頃は、どちらにいらっしゃいましたか？」

「ずっとホテルの部屋だ。ちょうど食事をしていたんじゃないかな。外で女と会うのは、冒険なんでね。教授選には、そういうスキャンダルが一番怖い。といって、女と会うのもやめられない。人間っていうのは、つくづく業の深い生き物だね」

太宰は自嘲するように笑った。

「その頃、先生のポケベルは鳴りませんでしたか？　どうですか？」

「鳴らなかった。スイッチを切っていたんだ。せめてテレビでもつけていれば、あの爆発事故の救急を手伝えたんだが」

太宰の顔に後悔の表情が浮かんだ。

六

特命係のふたりは死んだ今井助教授の部屋を訪れていた。その部屋から不審な男が出てきたと聞き、右京がぜひ調べたいと言いだしたのだ。

オールフローリングの2LDKだったが、家具や調度品などはそれほど豪華でもない。医者とはいっても、大学病院の助教授であればこんなものかもしれない、と薫は思った。

部屋をぐるりと見回しながら右京が言う。

「遺書はワープロ打ちの簡単なものでしたし、文面も非常に曖昧なものでしたからね」

「やっぱりあれは、偽造ですかね？」

「その可能性が高いですね。いずれにしてもあの夜、この部屋から出ていったという男が、今回の事件の鍵を握っていると思われますね」

「男はこの部屋でなにをしていたんでしょう？」

薫は期待して上司の顔をうかがったが、右京の答えはすげなかった。

「それがわかれば世話はないのですが」

「ですよね。だけど特に気になるところはありませんねえ」

返事がないので、どうしたのかと思って振り返ると、右京はパソコンのメインスウィッチを入れようとしていた。

「このパソコンになにかヒントがあるかもしれません」

「パソコンですか……」

右京がなにやら真剣な顔をしてディスプレイをのぞいている。薫はいまでもコンピュータが苦手だった。

「どうしたんですか？」

「空です」

「空？」

「データがなにも入っていません。消されています。ほら、どこを押してもだめでしょう」

右京がキーボードをいろいろ押すが、ディスプレイは変わらず、エラーメッセージを表示しているだけだった。

「不審人物が、データをすべて消したんですかね？」

「おそらくそうでしょう」

「データを盗み出したわけか……」

エラーメッセージの意味がわからない薫は、当てずっぽうに推測した。

「いや、ただ盗み出すだけならば、なにもパソコンの中のデータまで、すべて消してしまう必要はありません」

当てずっぽうの推理はあえなくはずれたようだった。

「ひょっとすると、見られると都合の悪いものが入っていた、ってことでしょうか?」

「そういう考え方のほうが、自然ですね」

薫が壁にかかっているカレンダーに目を向け、声をあげた。

「ほお、さすがに神経質で几帳面な人だけありますね。おれにはとてもまねできないや」

「はい?」

今度は右京のほうが訊き返す。

「いや、ほら、スケジュールがびっちり書き込まれていますよ。ああ、やっぱり札幌の学会も予定に入っているな。まあ、出発当日に死んじゃったわけですけどね」

薫はカレンダーの書き込みを目で追ううちに、不思議なことに気づいた。

「あれ?」

「どうしました？」

「見てください。学会はこの日から三日間、初日は十九日でしょ。だけど今井助教授は十七日に出発する予定だった。なんでこんなに早く出発しようとしたんでしょうね。十八日に出発すれば十分だし、最悪、朝一便なら、十九日でも平気かもしれませんもんね、札幌なら。札幌に女でもいたんですかね？　まったく医者ってやつは、どいつもこいつも……」

「なるほど、ちょっと変ですね」

右京の瞳が眼鏡のレンズの向こうできらりと光った。


右京と薫は、警視庁の保管庫で調べ物をしていた。府中南署から伊丹が奪い取っていた今井の遺留品を検《あらた》めていたのだ。

「右京さん、ありましたよ、これじゃないですか？」

薫がビニール袋に入った紙片を上司に渡した。十月十七日付けの特急列車「北斗星」のチケットだった。上野を十七日の夕方出発し、札幌には翌日の昼前に到着する人気の寝台特急である。

特命係のふたりが証拠品を調べていると聞きつけた伊丹が、抗議しにやってきた。

「おい、おまえら勝手になにしてる？」

「おまえには関係ねえよ。足りないおつむで考えな」

「どうもありがとう。参考になりました」

薫の挑発よりも、慇懃無礼な右京の態度のほうが伊丹の癇に障ったようだった。

「ちょっと警部さん、あなたなにやっているのかわかってるんですか?」

「捜査です。では、失礼」

「あのねえ、いったい誰の命令で……」

伊丹の文句を薫がぴしゃりと止めた。

「独り占めした捜査資料と遺留品、しっかり管理しとけよ。邪魔したな」

すたすたと歩いていく右京に追いついた薫は、うしろを振り返って言った。

「捜査一課もようやく本腰を入れはじめたようですぜ」

「向こうは向こうの方針があるでしょう。放っておきましょう」

薫は先ほどのチケットに話題を戻した。

「今井助教授は、札幌まで列車で行くつもりだったんですね」

「ですから、早々と十七日に出発する必要があったわけです」

「だけど、どうしてでしょうね。札幌なら飛行機がふつうでしょう?」

「どうしてでしょうねえ」右京が突然立ち止まり、人差し指を立てた。「あ、もしかしたら、今井助教授は鉄道ファンだったのかもしれませんね」

「なるほど、だったら寝台特急を利用するのもうなずけますね」

　薫が納得しかけると、右京が前言を撤回した。

「でも、違うと思いますよ。鉄道ファンなら、部屋に模型や切符など、それらしいものが飾ってあるのがふつうです。今井助教授の部屋にはそのようなものはありませんでした。鉄道関係の蔵書も見当たりませんでしたしね」

　いじわるな上司を皮肉ってやろうと思った薫は、

「わざわざ本棚までチェックしたんですか？」

「もちろんです。きみはどこを見ていたんですか？」

　平然と言い返されると、立つ瀬がない。

「鉄道ファンじゃなかったとすると、どうして？」

「確かめましょう」

　ふたりは再び帝国医科大学付属病院へ舞い戻った。外科病棟の第一外科医局で、運よく鴻野麻奈美医師を捕まえた右京はさっそくチケットの件を説明した。

「わざわざ列車で札幌っていうのは、妙でしょう？」

　薫が疑問をぶつけると、女医は簡単な算術問題を解くように即答した。

「今井先生は飛行機がお嫌いでしたから」

「飛行機が嫌い？　それは飛行機が怖いってことですか？」

「そうだと思います。九州の学会へも列車を使われましたし、海外へは極力行かないようになさっていましたから」

麻奈美の発言を右京が言い換えた。

「つまり、高いところがお嫌いだったわけでしょうか？」

「たぶんそうでしょう」

薫がさらに言い換えた。

「高所恐怖症？」

「ええ」

薫は右京のほうへ顔を向け、

「高所恐怖症の人が、屋上から飛び降りたりしませんよね？」

「しないでしょうねえ、自発的には」

そのとき内線電話が鳴った。受話器を取った麻奈美は緊迫した声で「わかりました。すぐ行きます」と答え、電話を切った。

「ごめんなさい、患者の容態が急に悪くなったので、失礼します」

女医は突然真剣な顔になると、大急ぎで部屋を出て行った。

杉下右京は帰り道にしばしば〈花の里〉に立ち寄る。独身男が馴染みの小料理屋に寄って、夕飯代わりに料理をつまみ、適度の酒をいただく。この光景自体はなんら不思議ではない。ましてやそこの女将が和服の似合う独り身の美人であれば、なおさらである。

ところが右京の場合は、少し事情が違っていた。〈花の里〉の女将、宮部たまきは別れた元の妻だったのだ。別れた女房のやっている店に通いつめるなんて、ふつう考えられませんよ——薫は最初目を剝いていたが、いまではなにも言わなくなった。右京とたまきの関係があまりに自然なので、考えを改めたのだろう。

自分の行動は他人から見たら少しおかしいのかもしれない。右京はそう感じることもあったが、極力考えないようにしていた。考えたところで、直らないし、直す気もない。

今宵は久しぶりに〈花の里〉のカウンターで猪口を傾けていた。慣れた席でいただく慣れた酒は格別である。右京がしみじみと味わっていると、たまきが隣の席に腰かけた。

「あんまり飲みすぎたらだめですよ」

「わかっています」

「退院したばっかりなんですから」

「くどいです」

他の客が見たら、客と女将という関係には思えないかもしれない。お互いに気心の知れた仲のよいカップルに見えるだろう。それはそれで間違っていないわけだが。

「盲腸かあ」

感慨深げにたまきが言った。

「はい？」

「たしかにあなたが盲腸なんて、おかしいわよね。亀山さんの言ったとおりだわ」

たまきは愉快そうに笑った。右京は少々むっとして、

「おかしいですかね？」

「おかしいわよ」

「少し笑いすぎじゃありませんか？　しわが増えますよ」

右京の軽口はたまきを驚かせた。

「あら、びっくり」

「はい？」

「あなた、そういうことを言うようになったの？　亀山さん効果かしら？」

「なんですか、それ？」

「あなた、亀山さんとお仕事をするようになってから、なにか変わった気がする」

右京は解せぬ思いで、酒を口へ運んだ。

「亀山くんの影響ということですか？」

「うん」

たまきがこくんとうなずいた。

「とすると、盲腸になったのも、亀山くんのせいですね」

「また、そんなこと言ってる。素直じゃないんだから」

「少し向こうへ行っていてもらえませんか？　気が散ります」

右京は邪険に言ったが、たまきは気にするふうもなかった。しばらくひとりで考えごとをしたいのだろう、と察すると、「はいはい、わかりました」と席を立った。

たまきの推測どおり、右京はひとりで頭を整理したかったのである。今井はなぜ眠らされたのか、なぜ高所恐怖症なのに屋上から落とされたのか、そして、どうしてズボンのベルト通しがちぎれていたのか。あれこれと思考をめぐらせるうちに、頭の中の霧が晴れてひと筋の光明が見えてきた。早急に確認する必要がある。

「ちょっと出かけてきます」

右京が急に立ち上がった。すると、たまきが呼び止める。

「あっ、ちょっと待って。また病院でしょう？」

「ええ」

「しばらく病院通い続きそうだから、これ持ってて。携帯使えないから、これで呼び出すわ」

たまきから渡されたポケベルを丁寧にポケットに入れた右京は、〈花の里〉から足早に遠ざかっていった。

亀山薫は乗用車の前部座席の右側にどっかと腰をすえていた。といっても運転しているわけではない。外車のハンドルを握っているのは鴻野麻奈美だった。

薫は女性が不安そうな顔をしていると放っておけない性質である。ましてや、それが美人であればなおのことだった。内線電話を受けたときの緊張に満ちた女医の顔は、薫にとって無視できないものだった。だから、右京と別れたあとも麻奈美の帰りを待っていたのだ。しばらくすると麻奈美は落ち込んで戻ってきた。その暗い顔つきを見ただけで、薫はなにが起こったのかわかった。

「敗北、ですか……」

助手席の薫が呟く。麻奈美はフロントガラスの先を見すえたまま、うなずいた。

「ええ。患者の死は、医者の敗北。医者って、どうしてもそう思ってしまうんです。だから、無意味な延命措置もする。患者の息が止まってしまうのを、なによりも恐れているんです。一日でも長く息をさせていたいって思うんでしょうね。だけど、それが本当に患者のためなのかどうか、多かれ少なかれ医者は、そういう疑問と戦っているんです」

女医の整った顔が少し歪んだ。

「想像を絶するお仕事ですよね、お医者さんって」

「逮捕できそうですか、今井先生を殺した犯人？」

「それはしますよ。必ず捕まえます」

薫は自分の心に固く誓った。まもなく麻奈美の運転する外車は薫のマンションに到着した。「本当にありがとうございました。回り道させちゃいましたね」

薫が送ってもらった礼を述べた。

「いいんですよ」麻奈美は笑みを浮かべ、「距離が長いほうが、その分長くはじけられますし」

「はじける？」

「ついつい、スピード出しちゃうんですよね。なんだかんだとストレスの多い仕事ですから、その分ぱあっと発散したくなっちゃうのかしら？」

「なんなら、今度一緒にはじけません？」

下心が見え見えの台詞を吐いて、薫は麻奈美を送り出した。だが、そのまま薫が目の前のマンションに帰り着くことはなかった。携帯に右京から呼び出しの電話がかかったのである。美和子が電柱の陰から見ていたことなど、薫は知るよしもなかった。

七

薫が帝国医科大学付属病院にとんぼ返りすると、右京は屋上で待っていた。

「急に呼び出してすいません」

いままで美人の女医と一緒だった薫はどことなくうしろめたい気がして、「いや、とんでもありません」と元気よく答えた。

「実はちょっと思いついたことがありまして」

右京は屋上の縁へ移動して、胸の高さほどの塀に手を乗せた。その向こうは支えるものがなにひとつなく、十メートルよりも下に地面が広がっているだけだった。

「ちょっと、ここに腰を下ろしてください」

「えっ？　危ないですよ」

「わかっています」右京は意味ありげに微笑み、「足を外に放り出すようにして、座ってください」

「いやそれは、バランスを崩したら真っ逆さまですから……」

「怖いですか？」

「いや、怖くはないですよ！」薫は一応強がって見せたものの、下を見た瞬間に肝が冷えた。「やっぱりこれでお願いします」

内側に足を投げ出す形で塀に座った。これならば、背後の空間が見えないので大丈夫だ。

「本当は、向こう側に座ってほしいんですけどね」

右京はそう言って、懐から紐を取り出した。

「いやいや、しゃれになりませんって。そんなことしたら、落ちちゃいますよ」

「ええ、落ちてしまっては困りますから、こうしましょう。ちょっと失礼」

薫のベルト通しに取り出した紐をくぐらせ、それを塀の内側に立っていたポールと結びつけた。

「うわっと！　なんですか？　なんですか、右京さん。なにやってるんですか？」

右京は涼しい顔で、「検証です。ぼくの想像に間違いなければ、今井助教授はこうして殺されたんです」と言った。

「ええっ？」

「あの夜、今井助教授は睡眠薬で眠らされたまま、いま、きみがこうしているようにして、座らされたんですよ。やがて睡眠薬が切れ、今井助教授は目を覚ます。すると、どうなると思いますか？」

「そりゃびっくりするでしょう。いきなりこんな高いところで目を覚ましたら」

「そのとおり。それも尋常な驚き方じゃないと思いますよ。なにしろ今井助教授は、高所恐怖症ですからねえ。彼は、慌てて立ち上がろうとします。きみも立ち上がってみてください」

薫は立ち上がろうとしたが、腰を紐で結ばれているので不可能だった。

「無理ですよ。結ばれてちゃ」

「そう、立ち上がろうとしてもできませんね。まして、足は外に出ています」

「あ、そうか」

「だから、今井助教授はパニックに陥ります。もはや、冷静な判断力など失われています。そして、ついに」

「墜落ですか」

薫が不吉な想像を口にした。

「今井助教授の体内から、微量の睡眠薬が検出されたのは、転落する直前に目を覚ましたからです。不眠症で睡眠薬を常用している助教授ですから、体内から多少の睡眠薬が検出されても怪しまれません。高所恐怖症の助教授だからこそ、この仕かけは成立します。そしてなによりも犯人がわざわざこんな手の込んだまねをしたのは、この仕かけが一種の時限装置の役割を果たすことになるからです。現場にいなくてもすむ。つまり、アリバイを作れるわけですよ」

右京が自分の推理をとうとうと語った。

「いや、だけど」薫は疑問を感じた。「ベルト通しがちぎれたってことは、ポールのほうに紐が残ってしまうわけですよね？」

「はい、落下直後は、残っていたと思いますよ。しかし、当然下は大騒ぎになりますし、警察が来るまでの時間もありますから、犯人は十分に安全を確認したうえで、その紐を回収できたはずです」

「いったい、誰がそんなことを？」

「それを見つけなければなりませんね」

右京が重々しく言った。


翌日、ふたりは特命係の薄暗い部屋で、帝国医科大学付属病院からファックスが送られてくるのを待っていた。爆発事故の対応のためにあの夜呼び出された医師のリストの提供を、病院側に求めたところすんなりと了承されたのだ。

やがて、待ち望んだリストが送られてきた。薫は機械が用紙を吐き出すのを、もどかしげに待った。

「来ました、来ました！　あの夜、今井先生と太宰先生を除いて、ポケベルで救急病棟に呼び出された医師は、八名みたいですね」

「その中に今井助教授の部屋から出てきた人物が必ずいるはずです」

「とりあえず、第一外科から当たりますか？」

薫が上司にうかがいを立てた。

「それが順当でしょうね」

薫はリストを順に指でなぞり、「第一外科は二名ですね。佐野昌平と柴田康裕です」

「ふたりですか」

右京がリストに目を近づけたとき、開け放した戸口から明るい声が聞こえてきた。

「お邪魔します」

ポッテリと太った体に黒縁の眼鏡、特徴的な坊ちゃん刈りの男は一度会うと忘れられない、鑑識課の米沢守だった。米沢は金属製の箱のようなものを手にして入ってきた。

「あ、どうも。どうでしたか？」

右京が親しげに声をかけた。

「ばっちり救出できました」

自信に満ちた顔で米沢が答えた。

「救出って、なにを？」

薫はふたりがなにを話題にしているのかわからなかった。

「今井助教授のパソコンの中のデータです」

「あれっ、だって、消えちゃってたんでしょう？」

薫が素っ頓狂な声を出すと、米沢がまじめな顔で応じた。

「いや、消えてませんよ」

「えっ？」

突然、米沢が能弁になる。

「パソコンにおいてデータを消去するとは、単に『消去しました』という情報をインプットしたにすぎないんですよ。パソコン内部のハードディスクには情報が残されていますが、消去しましたという信号を受け取ったパソコンが、そこにはもうデータはないものと判断しているわけですね」

パソコンには強くない薫には米沢の説明はほとんど理解できなかった。

「えっと、あの、もう少しわかりやすく、かみ砕いて」

「これ以上、かみ砕けません」

米沢が突き放すと、右京が受け取った外付けハードディスクを自分のパソコンにつなぎながら、補足説明を行なった。

「本当にパソコンのデータを消したければ、まったく意味のないデータを上書きするしかないんですよ。しかし、意味のないデータを上書きするには、専用のソフトが必要ですし、時間もかかります。今井助教授の部屋に侵入した不審人物が、そこまで徹底的にやる時間があったかどうか、疑問だったものですからね、米沢さんにデータの救出をお願いしたわけです」

坊ちゃん刈りの鑑識員が調子を合わせた。

「お願いされたわけです、はい」

薫は米沢に尋ねた。

「つまり、データは残っていたわけですね?」

「まあ、素人にはそういう大ざっぱな理解で結構でしょう。古いパソコンを下取りに出すときには、気をつけたほうがいいんですよね。消したつもりでも消えていませんから。プライベートな情報が流出する恐れが多分にありますからね」

薫が米沢のご高説を拝聴していると、右京が呼んだ。

「亀山くん、ありましたよ。今井助教授の日記のようです」

太宰の指定した待ち合わせ場所はなぜか教会の礼拝堂だった。特命係のふたりが礼拝堂の厳かな空間に足を踏み入れたときには、すでに太宰は木製の椅子にうなだれて座っていた。

「プリントアウトしてきましたが、お読みになりますか?」

右京が太宰に訊いた。医師は軽く首を横に振った。

「いや、結構だ。しかし、わざわざ日記に書くなんてね、几帳面な今井らしいよ」

「ここに書かれている内容は、事実ですか?」

「事実だ」決然と太宰は言った。「安楽死が最善の処置だったんだよ。それが患者を救う唯一の道だった。おれは医師として、その決断をしたんだ。いまも間違っていたとは思わない」

「それを今井助教授が嗅ぎつけたわけですね？」

　右京が気遣うように訊いた。

「そうだ。そして、脅された。学会から戻ってきたら告発すると、最後通告を突きつけられたよ」

　薫が確認する。

「あなたが失脚すれば、今井助教授は、教授の椅子を勝ち取ることになるわけですよね？」

「教授選挙はそんな単純な話ではないが、かなり有利にはなるだろうね」

「いずれにしてもあなたは、追いつめられていた」

　太宰は顔をあげた。そして、澄んだ目で薫を見た。

「だからって今井を殺したりはしない。おれは人殺しじゃないんだ」

「しかし、誰かが今井助教授を殺したことはたしかです」

　右京が冷静に状況を分析すると、薫が太宰に迫った。

「心当たり、ありませんか？　今井助教授殺害を企てるような動機を持った人間が病院にいませんか？　いるならそれは誰ですか？」

　太宰はしばらくの間押し黙っていた。目は礼拝堂の祭壇の背後にあるマリア像に注がれている。やがて、意を決したように告白した。

「おれだろうな。今井を殺す最も大きな動機を持った人間は、ほかでもないおれだよ。おれに勝る殺意を持った人間は、あの病院にはいない。なにしろ、あいつに破滅させられようとしていたんだからな」

太宰の告白には清々しさすら感じられた。右京は立ち上がり、「ありがとうございました」と礼を述べた。そして、戸惑う薫をうながした。「行きましょう」

「捕まえないのか？　おれは患者を安楽死させた医者だぞ」

太宰の訴えを、右京は却下した。

「われわれは人殺しを捜しに来たんです」

教会から立ち去りながら、釈然としない薫が右京に話しかけた。

「あのまま、放っておくんですか？」

「われわれがどうこうせずとも、身の処し方は先生ご自身が、しっかりとお決めになるでしょう。とにかくわれわれは今井助教授を殺した犯人を捜しましょう」

揺るぎのない自信に満ちた右京の声で、薫は迷いが覚めた。

「わかりました」

八

ふたりは分担して、あの夜ポケベルで呼び出された医師に話を聞くことにした。今井のパソコンから日記を盗み出した人間が特定できれば、犯人はおのずと明らかになるだろう。

薫はまず、第一外科の柴田康裕を当たることにした。カフェテラスに呼んで、事情聴取を行なったが、怪しい供述は出てこなかった。

一方、右京は研究室で佐野昌平から話を聞いていた。

「ポケベルが鳴ったもんでね、急いで駆けつけましたよ」

右京の質問に対して、佐野が答えた。

「ポケベルが鳴ったのは、八時頃じゃありませんでしたか？」

「さあ？　時間を確認したわけじゃありませんから」

なんでもない供述なのに、佐野の態度は妙におどおどしていた。右京は揺さぶりをかけることにした。

「先生はあの夜、当直じゃないですよね。どちらにおいででしたか？」

「なんか不愉快だな」佐野の声がうわずった。「ぼくはそんなことを訊かれる覚えはありませんよ」

「形式的な質問です。お気を悪くされたなら、謝ります」

「家にいましたよ。自宅です」

「あっ、そうですか。病院に到着されたのは、何時ですか?」

佐野は立ち上がり、抗議口調になる。

「そんなの、いちいち確認してませんよ」

右京は佐野の態度など無視して、

「看護師さんの証言によると、先生は八時二十分頃に病院に到着されました。そして、救急病棟の応援に加わっています」

「だったらその時間でしょう。忙しいんですよ、論文を書き上げなきゃならないもんで」

「もう、おいとまします。ありがとうございました」右京は一旦立ち去りかけて、振り返った。そして、一気にたたみかける。「ぼくの記憶に間違いがなければ、先生のご自宅はたしか駒沢でしたね。その駒沢から二十分程度で、どうやってここまで来られたんですか? 二十分やそこらじゃ、不可能だと思うんですがねえ?」

佐野の顔色が見る間に蒼ざめていく。右京はねずみをいたぶる猫のような気分で告発を続けた。

「どうも理屈に合わないことが気になる性分で。悪い癖です。ご説明いただけると、ありがたいんですがね。あるいは、先生の思い違いで、別の場所にいらっしゃった、なんてことはありませんか? 仮に今井助教授の部屋からならば、ちょうどここまで二十分ぐらいなんですよ」

佐野が精いっぱい虚勢を張った。

「だからなんだって言うんだ！」

「単なる勘ぐりです。これも悪い癖で」

わざとらしく右京が作り笑いを浮かべた。

「ぼくが今井先生を殺したとでも言うのか？」

「そんなふうに聞こえましたか？」

ついに容疑者を追いつめた。右京がそう確信した瞬間、形勢が逆転した。なにものかに背後から鈍器のようなもので殴られたのだ。あっという間もなく、右京は床に倒れ落ちた。


亀山薫は不審に思っていた。病院の出口でもうかれこれ一時間も待っているのに、右京が帰ってこないのだ。

右京が気まぐれな男であることは十分に承知している。取り調べ中にほかのことが気になって、ひとりで「検証」をしているのかもしれない。思いついたら前後の見境がなくなる上司であることは、先日の屋上での「検証」の際に実証済みである。

しかし、病院の中にいることは確実だ。携帯電話を鳴らしたら、着信音が途中で切られたのだから。おそらく誰かに話を訊いていて、その最中に電話が鳴ったものだから、慌てて切ったのだろう。それならそれで、用件が終わったら折り返し電話の一本くらい入れてくれてもよさそうなものなのに。

待ちくたびれた薫は右京を捜しに行くことにした。まずはナースステーションを訪れる。

「あ、すいません。うちの杉下、見ませんでした？　この前盲腸で入院してたあの杉下なんですが」

近くにいた看護師は首をひねっている。

「杉下さんですか。師長さん、杉下さん、見かけました？」

わざわざ師長に訊いてくれたが、大谷房子というネームプレートをつけたその年輩の看護師も首を振った。

「見かけませんでしたけども、どうかなさいました？」

薫はここで作戦を変更することにした。右京が最初に話を聞きに行ったはずの佐野医師から順にたどっていけばよい。

「そうですか。じゃあ、あの、佐野先生はどちらにいらっしゃいますか？」

「研究室で論文をお書きになっています」

師長に行き方を聞いた薫は、迷わずに佐野の研究室に着いた。佐野はデスクでパソコンに向かっていた。さっそく右京の行き先を確認した。

「話を聞きに見えましたけど、すぐにお帰りになりましたよ」

佐野は即答した。

「このあとどこへ行くとかいう話をしていませんでしたか？」

「いえ、特に聞いていていません」

妙に取り繕ったような佐野の態度が気になったが、いまは右京の無事を確認することのほうが先決だった。薫の胸中では、徐々に不安が広がっていたのである。

心配な気持ちを抱えたまま、薫は鴻野麻奈美の部屋を訪れた。この病院で多少なりとも気心が知れたのは、この美人の女医くらいだったからだ。

「お邪魔します。あの、うちの杉下、見かけませんでした？」

麻奈美はどうしたのだろうという顔をして、

「杉下さんですか？　いえ、見ていませんけど」

「おかしいなあ。携帯がブチッと切れたし。なにか気になるんですよ」

この女医相手だと、つい本音を漏らしてしまう。

「お見かけしましたら、亀山さんが捜してたこと、お伝えしときます」麻奈美は心配するような顔になって請け合うと、「でも、亀山さん、病院内での携帯は使用禁止ですので、よろしくお願いしますね」

「あ、はい、気をつけます」

美人に笑顔で忠告されると、ついつい従ってしまう薫は、病院の建物の外に出て携帯電話を取り出した。しばらくそれを見つめたあと、勇を鼓して警視庁捜査一課の直通電話のボタンを押した。

――代わったぞ、伊丹だ。特命係の亀山か、どうした、いったい。

「今井助教授の事件、もう少しのところで解決しそうなんだが、そんなときになって右京さんが行方不明になっちまった」

――あの変わり者の警部殿のことだ、どうせ重箱の隅でもほじくってるんじゃねえのか？

「いや、こんな時間まで連絡なしなんて絶対おかしい。犯人に気づかれて、捕まってしまったのかもしれない。そこで、お願いなんだが、捜索に協力してくれないか？」

――協力？　ふっ、おれがおまえに協力する義理はねえ！

「そこをなんとか頼むって言ってんだろう」

――切るぞ。

「ちょっ、ちょっと待てよ。おれがおまえに頭下げて頼んだことねえだろう？　初めて頭下げてんじゃねえか！」

――あいにく電話じゃあ、おまえが頭を下げてるか、ふんぞり返ってるか、確認のしようがねえからな。

「あっ！　おいっ！　ちょっと待っ、あっ」

伊丹が一方的に電話を切ったことに対して、薫はひとしきりののしってみたが、むなしくなるばかりだった。薫は気を静めて、〈花の里〉に電話してみた。こういうとき、たまきなら妙案が浮かぶかもしれない。

――はい、花の里です。

「あ、亀山です。右京さんから連絡かなんか、入ってないですかね？」

――いえ、入ってませんけど。

「そうですか」

――あの、ポケベル鳴らしてみます？

「ポケベル？」

――杉下にゆうべ持たせたんです。番号言いますね、いいですか？

「ありがとうございます。じゃあ、さっそくかけて……あれ？」

薫がポケベルの番号を書き取ったところで、突然通話が途切れてしまった。電池切れであった。伊丹のばかなんかに電話しなきゃよかった。またしても怒りがこみ上げてくる。

めったに充電を忘れることのない携帯の電池切れ。そんなささいな不運にも、薫は胸騒ぎを覚えた。

公衆電話を使おう。そう考えた薫は小銭を探ったが、こういうときに限ってなぜか、一万円札と一円玉数枚しか財布に入っていない。神様がいじわるをしているとしか思えない。

「右京さん、待っててください」

ひとりごちながら、麻奈美の部屋へ急いだ。かくなるうえは、女医の電話を使わせてもらおう。薫はノックもそこそこに麻奈美の部屋のドアを開けた。

いままさに受話器を置こうとしていた女医が、びくりとした。

「あっ、たびたびすみません。急ぎなんですが、その電話をお借りしても?」

麻奈美は浮かない表情をしていたが、すぐに薫の来意を察した。そして、ぎこちなく勧めた。

「あ、はい。どうぞ」

またしても患者の容態が思わしくないのだろうか。そんな考えが瞬間的に浮かんだが、いまは胸騒ぎを静めるほうが先決である。薫は電話を借り、メモを見ながら慎重に、右京のポケベルの番号を押した。

受話器から着信音が聞こえる。よかった、ポケベルは切られていないようだ。薫が安堵した瞬間、予想もしない事態が起こった。

ピーピーピー。

この部屋の中でポケベルが鳴りはじめたのだ。

ピーピーピー。

薫は音源を探した。麻奈美が脅えた顔でこちらを見ている。

ピーピーピー。

音は麻奈美の白衣のポケットから聞こえる。緊急の用事で呼ばれているのだろうか。

ピーピーピー。

だが同じ病院にいるのなら、この前のように内線電話で呼べばいい。もしかして……。

薫の頭に疑念が立ちのぼる。確かめるには、受話器を置けばいい。薫は、静かに受話器を戻した。

ポケベルの音が鳴り止み、部屋が静寂に包まれた。

「なんでだよ、なんでこんなところで鳴るんだよ？」

薫は半信半疑のまま鴻野麻奈美に近づいた。女医は顔色を失って立ちつくしている。

「ちょっと、失礼」

薫は有無を言わせず、女医の白衣のポケットを探った。硬いものが指先に当たる。取り出してみると、本物の手錠が出てきた。信じられない思いで、もう一方のポケットに手を突っ込む。こちらには右京の警察手帳とポケベルが入っていた。

「なんですか、これ？　先生が？」

女医は小刻みに首を震わせている。しかし、証拠が出てきた以上、追及の手を緩めるわけにはいかない。

「どこですか、右京さんは？」

薫が詰め寄ったが、麻奈美は無言のままだった。

「おれの相棒はどこだ！」

最後はついに怒鳴り声をあげた。

九

夜の病院は薄ら寒い。

照明を落とした一般外来病棟は、ところどころで非常口表示灯と消火ホース格納箱が緑色と赤色の淡い光を放っているだけで、廊下は薄闇に包まれている。その闇の奥底、突き当たりの処置室に、不安に苛まれて息を殺すふたりの犯罪者がいた。

医師の佐野は極度の緊張のために、立っていられなかった。タイル張りの壁にもたれかかり、膝を抱えて床にしゃがみ込んでいた。頭を膝の間に挟み、ぶるぶると震えている。

師長の大谷房子のほうは、佐野よりはまだ落ち着いていた。傍らのストレッチャーに被せられたシーツの膨らみにときおり目くばせをくれる以外は、立ったまま目をつぶって時間が過ぎるのを待っているようである。

「遅いんじゃないか？」

佐野がしびれを切らしたように声をあげた。静寂な空間に興奮した声がこだまする。

房子が若い医者に注意する。

「静かにしてください。誰かに気づかれたらどうするんですか」

そう言って、異状がないか確かめるようにストレッチャーを見やった。

「あんたがこの刑事を殴って気絶させたんだろう。おれがやったんじゃないんだからな」

佐野が脅えて叫ぶと、房子が静かに言い返した。

「あのままだったら、佐野先生、あなたは杉下さんにすべてを見破られたはずです。だからああするしかなかったのです。いまはペンタゾシンで眠っています。目を覚まさないうちになんとかせねば……」

「うまく、し、始末できるんだろうな？」

佐野の声が震えている。

「びくびくしないでください。安楽死させたあと、遺体は大学の解剖用の献体に紛れ込ませる、と鴻野先生がおっしゃっています」

「そんなこと、可能なのか？」

「鴻野先生を信じましょう」

子を諭す母親のように房子が言い放ったとき、廊下から足音が聞こえてきた。足音は一歩一歩この部屋に近づいている。ようやく加勢がきた、とふたりの犯罪者は胸をなで下ろした。

足音が部屋の前で止まり、ゆっくりとドアが押し開けられた。隙間から鴻野麻奈美の顔が見えた。

「遅いじゃないか！」

共犯者のリーダー格の到着を待ちわびた佐野が非難するように声を出したとき、突然ドアが激しい勢いで開いた。女医を引き立ててここまで案内させてきた薫が、躊躇せずにドアを蹴り開けたのだ。

突然の闖入者の出現に、佐野と房子が目を見開く。薫がふたりに向かって吠えた。

「おまえらもぐるか。右京さんにいったいなにをした！」

悪事が露見したことをいち早く悟った佐野が、破れかぶれにストレッチャーを薫のほうへ押しやった。バランスを失ったストレッチャーが医療器具を載せた台とぶつかって、横倒しになった。金属がコンクリートにぶち当たる耳障りな音が処置室に響いた。

「右京さん！」

薫が駆け寄ると、シーツの下から現われたのは丸めて人型に整えた毛布だった。虚をつかれた薫が束の間放心していると、佐野が床に落ちた器具の中からメスを拾い上げた。それと同時に背後のドアが開いた。杉下右京がゆっくりと現われた。

「なんで？　ペンタゾシンを注射したのに！」

度を失った佐野がメスを振り回して、右京に襲いかかった。右京がすんでのところでそれをかわすと、薫がうしろから羽交い絞めにして取り押さえた。

「これ以上罪を重ねてどうする」

薫がメスを払い落とすと、佐野は泣きじゃくった。

「右京さん、無事だったんですね」

右京はまだ体調が十分ではなさそうだったが、小さくうなずいてみせた。

「小さな救世主が現われましてね。ちえちゃんがぼくを見つけて、太宰先生に知らせてくれたんです。すぐに太宰先生が駆けつけてくれたおかげで、このとおり命拾いしました」

麻奈美と房子が顔を見合わせた。右京は佐野のほうへ向き直り、

「佐野先生、あなたが今井助教授の部屋に忍び込んだことは、間違いありませんね。あなたはそこでパソコンのデータを消去した。その理由は、今井助教授が太宰先生の行なった安楽死の事実を記録している恐れがあったからです。そうですね？　つまり、あな

た方は、太宰先生のために、今回の事件を引き起こしたということになります」

鴻野麻奈美は追いつめられていた。これ以上隠しとおすことはできないと悟ったように、思いつめた表情でついに罪を認めたのだった。

「そうよ。太宰先生の危機を、黙って見過ごすわけにはいかなかった。だから、わたしたちは今井先生殺害の計画を立てて、それを実行に移すことにした。クロロホルムで気絶させ、ペンタゾシンを打ち、夜まで眠らせて、そのあと屋上から落とす、そういう計画だった。途中までは計画どおりに進んでた。けれど予期せぬあの爆発事故で、計画は一時中断を余儀なくされた」

「そのときにちえちゃんが、眠らされている今井助教授を見かけたのでしょう」腑に落ちたというように、右京がうなずく。「爆発事故の大騒動が、計画にわずかなほころびを生じさせたわけですね？」

「ええ。でも、取りやめるわけにはいかない計画だったから、わたしたちは騒ぎが一段落ついた頃、計画を再開したわ。そして計画どおりに、今井先生は屋上から転落した。だけど、刑事さん、あなたがいた。それも予期せぬ誤算だった」

右京は神妙な顔をして言った。

「完全犯罪なんて、この世にありませんよ。あなた方がどうやって今井助教授を殺したか、それは十分理解できました。しかし、なぜ殺したか、ぼくにはそれがわからない」

右京の疑問には、麻奈美ではなく佐野が答えた。

「あいつの口をふさがなきゃ、太宰先生が潰されちまうだろう！　あいつは頭を下げて頼んだところで、聞いてくれるようなやつじゃなかったんだ」

ずっと黙っていた大谷房子も堪りかねて口を開いた。

「今井先生は肩書がなによりも大事な方でしたからね。お医者さまという立場も仕事と割り切っていらっしゃいました。まだ予断を許さない患者さんを、下のお医者さまに任せておでかけになることもしょっちゅうでしたし。なにか問題が起これば、すぐに下の者に責任をなすりつける。患者さんのことなんか、これっぽっちもお考えにならない方でした。そんなお医者さまと、太宰先生のような立派なお医者さま、秤にかけるまでもないじゃありませんか！」

最後は声を震わせてまで師長が訴えかけると、麻奈美も感情をむき出しにした。

「あんな人に太宰先生が破滅させられるのが、許せなかった」女医は挑戦するように顔を上げると、右京に迫った。「あなたはどちらの先生にかかりたいですか？　患者と最期まで向き合おうとする太宰先生と、患者の顔色さえも見ようとしない今井先生、どちらの先生を選びますか？」

この問いかけに、右京は沈黙で答えた。とうとう、麻奈美の心が爆発した。

「ほら、答えられないじゃない！　太宰先生を失うのが、耐えられなかった。だから、今井先生を殺した。それが悪いことなの？」

右京は大きくひとつ息を吐いた。そして、ひと言ひと言を噛みしめるように、ゆっくりと話しはじめる。

「その太宰先生はなんとおっしゃいますかね？　あなた方のその言い分を聞いて。あなた方の尊敬する太宰先生も人を殺しました。けれどもそれは、命と真摯に向き合い、悩んだ、その末の決断だった。ぼくはそう思います。あなた方の愚かしい行為は、そんな太宰先生を助けるのではなく、むしろ先生の医者としての誇りを傷つけることになりませんか？」

体調が万全ではない右京は実のところ、もうふらふらだった。それでも、これだけはちゃんと言っておかねばならない。右京は気持ちを奮い立たせた。出せる限りの声で罪人を糾弾した。

「太宰先生が、そんなことを望んでいたと思いますか！　あなた方は、それをしっかりと考えたんですかっ！」

女医の目からふいに涙が零れ落ちた。右京のことばは確実に麻奈美に届いたようだった。

右京の体力はもう限界のようだった。それを見た薫がことばを継いだ。

「先生たちが医者として、これまでに救った命と、同じ医者として今回奪った命、どう違うんですか？　おれにはよくわかりません」

　麻奈美がくっとくずおれた。そのとき遠くからパトカーのサイレンが聞こえてきた。

伊丹の野郎、いま頃来やがったのか、と薫が歯嚙みした。

　麻奈美の右手が反射的に床のメスに伸びた。それを右京は見逃さなかった。メスを踏みつけると、

「生きるんです！　生きて罪を償ってください。どうか、ゆっくり考えてください。時間だけはありますよ。考える時間、そして、やり直す時間も」

十

　マンションに帰った亀山薫はソファにもたれかかって、美和子に事件の顚末を語っていた。

「なんとか事件は解決したんだけどさ。まあ、結局手柄は、伊丹の野郎にかっさらわれた」

「ふーん、残念ね」

　美和子がソファの隣に座った。

「まあ、仕方ねえよ」

「そうではなくて、美人先生とはじけられなくなっちゃって、残念でしたね」

「えっ、なんで知ってるの？」

「薫ちゃんのことは、なんでもお見通しなのよ」

「見てたんだな。ばかか、おまえは。あれこそことばの綾だよ」

「でも、ちょっとは残念でしょう？」

薫が一瞬、返事につまる。

「やっぱり。じゃあ、今晩はじけてみる？」

「え？　なに言ってるの、おまえは」

「だってほら最近ねえ、ごぶさただし」

美和子の意味ありげな流し目の意味を、薫は正確に理解した。

「でも、おれ、疲れてんだからさ」

「じゃあ、ついでにもっと疲れちゃえ」

美和子が薫に抱きついてきた。慣れ親しんだ重みが、薫にはとても心地よく感じられた。

「疲れちゃう？　疲れちゃおうか。はい、はい」

ふたりはそのままソファに横になった。

杉下右京は〈花の里〉に寄ると、たまき相手に事件を振り返っていた。

「そう、太宰先生、病院辞めるの」

感慨深げにたまきが言った。

「すべてを公表するそうです。そして、被告席に立って、自らの信念を堂々と訴えるとおっしゃっていました」

「でも、安楽死は罪なんでしょ？」

「法律上は許されることではないですね。しかしぼくは、人殺しと簡単に決めつけたくない気がします」

それきり黙り込んでしまった右京に、たまきが酒を勧めようとした。すると珍しく右京が断った。

「きょうはこのくらいでやめときます」


翌朝、いつものように右京が紅茶をカップに注いでいると、薫が登庁してきた。部屋に入ってくるなり、右京に言った。

「右京さん、きのう、ちえちゃんのことを小さな救世主と呼んだでしょう」

右京はカップを鼻の下に持ってきて、香りを楽しみながら、

「それがなにか？」

「それは間違いないんでしょうが、もうひとり小さな救世主がいたんじゃないかな、と

思いまして」

「はい？」

「ポケベルですよ。たまきさんがくれたポケベル。あれのおかげでおれは右京さんのいどころがわかったわけですから、まさに小さな救世主。さすがにたまきさんの気持ちがこもっていたんですね」

右京は不服そうな顔になると、突然話題を変えた。

「ときにきみはゆうべ、ゆっくり休めましたか？」

「ああ、もうすぐに、ばたんきゅーでした」

「あれ、その割には、目の下に隈が出てますよ。お疲れのようですね」

慌てて鏡を取り出す薫を見て、右京は追いうちをかけた。

「おやおや、首筋にも赤いあざみたいなものがついていますよ」

特命係の平和で退屈な一日がはじまろうとしていた。

裏切りこそが「相棒」らしさ

「相棒」チーフプロデューサー　松本基弘

一九六八年のある夜、五歳の僕はテレビの白黒画面にくぎ付けになっていた。観ていたドラマの主人公の少年から目が離せないのだ。おそらく中学生くらいであろう彼は、年齢からいうと「子役」。なのに、五歳の僕の頭に浮かんだ言葉は「この人は子役じゃない」だった。変だ、この人。何かが違う。子供なのに子供じゃない――。生々しくリアルな目の動き、体のこなし。それは五歳の子供にも、この少年を「俳優」として認識させるほどの迫力に満ちていたのだ。少年の名は「水谷豊」。ドラマは、手塚治虫氏の原作を実写とアニメの合成で制作した「バンパイヤ」（フジテレビ）。彼のデビュー作だった。

そして、それが僕と豊さんの出会いだ。

それから約三〇年後。テレビ朝日に入社し、ドラマ制作にたずさわるようになっていた僕は、土曜ワイド劇場「探偵事務所」のプロデューサーとして、俳優・水谷豊と〝再会〟。「探偵事務所」は豊さん主演のシリーズで、このときすでに三作目。その後、鳥羽亮氏の原作がなくなったため、五作目をもってシリーズ終了となった。

豊さんと新企画の約束をしたものの、なかなかアイデアが浮かばず、どうしたものかと悩む日々が続いた。そんなある日、何の気なしに点けたテレビでやっていた明石家さんまさん主演の連続ドラマ（おそらく「恋のバカンス」〈日本テレビ・九七年〉だったと思う）を観て、衝撃を受けた。僕が観たのは第二話だったのに、まるで第一話のように、すべての登場人物の設定がわかるのだ。これはすごい脚本家だ。エンド・クレジットで名前を見てみると、「輿水泰弘」とある。……読めない。辞書で調べ、「コシミズ」だとわかる。

早速、知り合いに紹介してもらい、会ってすぐに本題を切り出した。「とにかくあなたのファンになったので、ぜひ一緒に仕事をしたい。水谷豊さんで土曜ワイド劇場を書いてほしい」と。それまでホームドラマを中心に書いていた人なので、サスペンスなんて断られるだろうなと思っていた。ところが意外にも「ぜひやってみたい」という返事。

もともと「刑事コロンボ」など海外の事件ドラマが好きだし、二時間すべてを一人で書き切れたら自分の自信にもなるから、というのだ。やった！　と喜んだのもつかの間、この先一年間はスケジュールが埋まっているという。一年後から準備を始めたとしても、撮影は一年半後になってしまう。でも、どうしても輿水さんに書いてほしい。

悩んだ挙句、豊さんに相談してみたところ、なんと豊さんも、「いいよ、お前に任せる。待つよ」。当時、各テレビ局の二時間ドラマを中心に活躍していた豊さんにとって、シリーズの一つが一年以上もなくなるというのは、決して小さなことではなかったはず。それでも、「任せる」と言って信用してくれた。これは、ものすごく光栄なことであると同時に、ものすごく大きなプレッシャーにもなったことは言うまでもない。

ちょうどそのころ、土曜ワイド劇場の別のシリーズで一緒に仕事をし始めたのが、寺脇康文さんだった。あるとき、「豊さんと新しいシリーズを作るんですよ」と話すと、なんと「実は俺、豊さんに憧れて役者を目指したんです」と言うではないか。以前一緒に仕事をしたときは天にも昇る気持ちで、初めて握手した手を一週間も洗わなかったのだとか。それなら豊さんと組み合わせてみるか……。

こうして、「相棒」の構想がスタートした。

主人公の設定にはいろいろな可能性があったが、素人探偵ものは、主人公が事件と関わるまでにどうしても多くの段取りを踏まなくてはならない。その点、刑事は、ダイレクトに事件に関わり、なおかつ捜査をするのが仕事。やはり刑事がいいだろう、というのは当初からあった。

問題はキャラクター。その刑事は名探偵にしたい。たいてい名探偵というのは孤高の人だよな……。でも、コンビもの。だったら、日陰に追いやられている名探偵ってのはどうだ？　しかも、ふたりだけが追いやられている……。こんな構想のなかで、輿水さんが「特命係」をつくり出した。

この企画は、局内では不安視された。というのも、二時間サスペンスの視聴者層は女性が大半で、男ふたりのコンビものは絶対に当たらないというジンクスがあり、当時の二時間ドラマ界から一切姿を消していたからだ。それまで何本も土曜ワイド劇場をつくってきた自分としても、普通に考えれば水谷豊と女性をコンビにしたほうが無難であることはわかる。土曜ワイド劇場としては当然リスキーな企画だ。でも、そのときは「いける！」という予感めいたものがあった。粘って、なんとか上手くやってみせるということでＯＫをもらい、第一作を制作することになった。

で、出来上がった。

出来上がったものを見たとき、最初に頭に浮かんだ言葉は「なんかすごいものができちゃった……」だった。

濃いキャラクター、テレビの枠をはみ出したようなスケール感のある演出、ハードな世界観。

案の定、試写をしたあとの局内の反応は、「これは土曜ワイド劇場じゃない」「こんなの観たことないぞ」「面白いけど、大丈夫か？」。二時間サスペンスは、ストーリー展開の面白さで引っ張っていくのが常套手段で、それを徹底追求したのが土曜ワイド劇場だ。だから、これほどキャラクターが濃い作品は、確かにらしくないのである。

しかし、それこそが、僕が輿水さんに脚本を頼んだ最大の理由だった。当時、二時間サスペンスとキャラクタードラマを融合させたいというのが僕のテーマだった。ストーリーも面白くて人物も面白ければ、ドラマは二倍面白くなるはず。そう考えたとき、輿水さんのキャラクター造形の力が必要だと確信したのだ。

また、和泉聖治監督の演出もすごかった。もともと彼の映画作品を見て、そのエンターテインメント志向の姿勢に憧れていたので監督をお願いしたわけだが、改めてその映像センスに感動した。おまけに撮影が早い！

二〇〇〇年六月三日、第一作がオンエア。二時間ドラマが全体的に低迷していた時期だったにもかかわらず、一七・七％という高視聴率。

続いての二作目がなんと、これまた当時ではあり得ない驚異的な二二・〇％をマーク。一作目の放送時から局内の上層部から出ていた「連続ドラマ化」の話が、一気に実現化に向けて走り出すことになる。

クールでシニカルな目で世の中を見て、その視点からさまざまな提示をしてくる脚本家・輿水泰弘。そこにハートフルな側面を加味しつつ、卓抜した映像センスでスケール感のある世界に仕立て上げる演出家・和泉聖治。それらをすべて飲み込んで作品全体をハイレベルな次元へ持っていく稀代の俳優・水谷豊。この三つの才能による〝奇跡のトライアングル〟によって生み出された「相棒」の世界観。これをベースに、一時間×複数本という「相棒ワールド」を作り上げるためにはどうすればよいか。

とにかく〝面白い〟ということを第一義的に考えよう。

「相棒」には、〝先が読めない面白さ〟という側面がある。これは脚本、演出、芝居のいずれもが先の展開を予測させないように進行しているからである。

予測できないから面白い――。これはサスペンスの基本で、これまでも自分なりにノウハウを身につけてきたつもりだった。が、輿水さんの脚本はまさにそれだった。

事件ドラマは時間内で事件を解決しなければいけないため、たいていの場合、ラストから逆算してストーリーをつくっていくが、それだとどうしても展開が見え見えになってしまう。ところが輿水さんは、頭から、どうすれば面白くなるか、どうすれば登場人物たちがリアルに動くかを第一に考えて書いていく。予測がつかないものの最たるものが〝人間の行動〟である。何をするかわからないのが人間であり、それをリアルに描くことが展開を面白くするのだ。これをストーリーづくりの際のモットーにすることに決めた。

予測できないことが面白さなのだから、あらゆる面で可能な限り予測させないようにしよう、裏切ってやろうと思ったところから、全体の新たな方向性も生まれた。その一つはいわゆる刑事モノらしく見せないということ、もう一つはパターンを作らないということ。ドラマのエンディング・テーマがないというのもその流れだ。ストーリー展開だけでなく、ドラマの見せ方・パッケージにおいても、できる限り裏切ろうと思った。

ある程度のわかりやすさは必要なんじゃないか、という批判もあった。しかし、お客さん（視聴者）が求めているのは面白さ。ドラマはお客さんのためにつくるものである以上、面白いかどうかがすべてであり、だからこそお客さんへの挑戦としての裏切りがある。

斬新な謎、斬新な犯行動機なんてものは、そうそうあるものではない。しかし、作り手が苦しまなければ、お客さんに喜んでもらえるものは生まれない。そのためには自らハードルを上げていこう、これは相棒チームの信念である。

このたび、朝日文庫さんから「相棒」の小説化のお話をいただいた。思いがけないことであり、大変ありがたいことである。活字になったことで、読んだ人が自由にイマジネーションを膨らませ、自分なりの「相棒」を楽しんでもらえるのではないかと思う。

このほかにもDVD化、映画化と、放送という枠を超えて「相棒ワールド」が広がりつつある。こうしたムーブメントが起きたことは、すべて、たくさんの人たちが「相棒」を愛して下さったおかげである。

これからも、より多くの人に少しでも楽しい時間を過ごしてもらえるよう、「相棒」はみなさんの予測を裏切り続けていきたい。

（まつもと・もとひろ／テレビ朝日）

土曜ワイド劇場「**相棒　警視庁ふたりだけの特命係**」

STAFF

プロデューサー：松本基弘（テレビ朝日）
　　　　　　　　香月純一（東映）
　　　　　　　　須藤泰司（東映）

脚本：輿水泰弘

監督：和泉聖治

音楽：義野裕明

制作：テレビ朝日・東映

CAST

杉下右京……………水谷　豊
亀山　薫……………寺脇康文
奥寺美和子…………鈴木砂羽
宮部たまき…………高樹沙耶
伊丹憲一……………川原和久
角田六郎……………山西　惇
米沢　守……………六角精児
内村完爾……………片桐竜次
中園照生……………小野　了

1　初回放送日：2000年 6 月 3 日

刑事が警官を殺した？
赤いドレスの女に誘惑され…死体に残る“4－3”の謎とは？

GUEST CAST

金子警部……………勝部演之
早川純弥……………甲本雅裕
小泉綾子……………中村　綾

2　初回放送日：2001年 1 月27日

恐怖の切り裂き魔連続殺人！
サイズの合わないスカートをはいた女の死体…

GUEST CAST

浅倉禄郎……………生瀬勝久
市村麻衣子…………渡辺典子
今宮典子……………仲根かすみ

3　初回放送日：2001年11月10日

大学病院助教授墜落殺人！
日付の違う乗車券の謎と、死体が語る美人外科医の秘密

GUEST CAST

鴻野麻奈美…………伊藤裕子
佐野昌平……………東根作寿英
大谷房子……………銀粉蝶
太宰謙介……………中原丈雄

相棒《あいぼう》　警視庁《けいしちょう》ふたりだけの特命係《とくめいがかり》　朝日文庫

2007年10月30日　第1刷発行
2008年6月5日　第10刷発行

脚　　本　輿《こし》水《みず》泰《やす》弘《ひろ》
ノベライズ　碇《いかり》　卯《う》人《ひと》

発 行 者　矢部万紀子
発 行 所　朝日新聞出版
〒104-8011　東京都中央区築地5-3-2
電話　03-5541-8832（編集）
03-5540-7793（販売）
印刷製本　大日本印刷株式会社

ISBN978-4-02-264416-9